JENS
SPARSCHUH

NICHT WIRKLICH

JENS SPARSCHUH

NICHT WIRKLICH

EIN ROMAN

Kiepenheuer & Witsch

ICH STAND
VORN AM PULT,

ich stand neben mir, schon die ganze Zeit, zum Glück hatte das außer mir noch niemand bemerkt. Mit dem Taschentuch tupfte ich mir die Stirn ab. Ich hörte eine Stimme. Sie war nah, und sie kam mir vertraut vor – je länger ich zuhörte, desto klarer wurde mir: Es war meine eigene; zumindest für den Moment beruhigte mich das.

Mit Daumen- und Zeigefingerspitze schob ich die verrutschte Brille auf dem Nasenrücken ein Stück nach oben, auf Normalposition. Tief atmete ich durch.

»Meine Damen und Herren«, unauffällig rieb ich mir die schmerzende Stelle an der linken Hüfte, »um es hier mit Vaihinger zu sagen, mit dem wir uns ja bereits in den beiden vorangegangenen Vorlesungen intensiv beschäftigt haben und der übrigens, wie Sie inzwischen sicherlich herausgefunden haben, nicht verwandt oder verschwägert mit dem gleichnamigen Obstsaft ist, den Sie vielleicht von dem einen oder anderen Hotelfrühstück her kennen ...«, wie immer an dieser Stelle das eingeplante höfliche Lachen im Vorlesungssaal, das ich mit einer leichten Verbeugung quittierte, dann aber, eine abrupte Bewegung meiner Rechten, wie ein Dirigent kurzerhand abschnitt, »um es also mit dem Philosophen und Neokantianer Hans Vaihinger, 1852 bis 1933, zu sagen, der die Quintessenz seines 1911 erschienenen, der Theorie des Fiktionalismus gewidmeten Hauptwerkes *Die Philosophie des Als Ob* auf die prägnante Formel – die ich Sie jetzt bitte mitzuschreiben – gebracht hat: *Die* Wahrheit *ist ...*«, ich ließ eine kurze Besinnungspause, »*nur der zweckmäßigste Irrtum.*«

Das Auditorium war vollbesetzt. Es war meine Abschlussvorlesung, die ich als Vertretungsprofessor am Fachbereich Philosophie der Hochschule hielt, demnächst würde unwiderruflich das kleine Pappschild *Dr. Anton Lichtenau, Privatdozent* aus dem Aluminium-Wechselrahmen neben der Tür zum Büro der Gastprofessoren wieder verschwinden und Platz für ein anderes machen.

Trotz des Papierraschelns und der Schreibgeräusche vernahm ich ein leises, knarziges: »Sag ich's doch: alles *fake*« – und kurz darauf, von der anderen Seite, ein verdutztes: »Ist das wahr?«

Nein!

Ich stockte. Ungläubig starrte ich auf das Blatt: Dieses Zitat mit der Wahrheit, das kam doch erst viel später, erst viel weiter hinten – als Quintessenz der Untersuchung, als ihr Clou gewissermaßen, nachdem die einschlägigen Beispiele fiktiver Annahmen aus der griechischen Philosophie, aus der Physik und aus der Mathematik (hier: der Kreis, betrachtet als ein Polygon von unendlich vielen, unendlich kleinen Seiten) abgehandelt worden waren. Diskret legte ich das Blatt ab. Dieser Lapsus war unbemerkt geblieben, ich fragte mich, ob mir heute überhaupt jemand richtig zuhörte.

Mein Gott, dann musste es jetzt eben ohne diese Exempel gehen. Beispiele waren sowieso nur simple Veranschaulichungen, wenn der Gedanke selbst nicht klar genug formuliert werden konnte. Und die hatte ich ja, soweit ich mich erinnerte, schon letztes oder vorletztes Mal gebracht – oder nicht? Das ideale oder »reine Gas« etwa, das es zwar so, in dieser Reinform, nirgendwo auf der Welt gab, das also ausschließlich in unserer Vorstellung und in Büchern zur theoretischen Physik existierte, wo es als fiktive Annahme, als Denkmodell, aber absolut unverzichtbar war.

Gut, das sollte reichen, schließlich war das hier kein Erstsemester, sondern drittes oder, nein: viertes sogar ... Nervös blätterte ich in meinen Unterlagen.

Hatte ich nicht in der letzten Vorlesung auch über den fiktiven Hilfsbegriff des »reinen Gewissens« gesprochen, das ebenfalls nur in unserer Vorstell...

Da ich im Moment nicht weiterwusste, richtete ich die Frage ans Auditorium: »Fällt vielleicht jemandem von Ihnen ein gutes Beispiel ein, das uns vor unserer Klausur noch einmal verdeutlicht, wie nützlich, wie zweckmäßig eine fiktive Annahme sein kann?«

In der vorletzten Reihe ging zögernd eine Hand nach oben.

»Ja, bitte!«

Eine Studentin, deren Gesicht mir zwar vertraut war, deren Name mir aber im Moment nicht einfiel, legte dar, dass der Begriff der »juristischen Person« solch eine Fiktion sei. Ein eingetragener Verein etwa werde so behandelt, als wäre er eine natürliche Person, was er natürlich in Wirklichkeit keineswegs sei. Grundsätzlich könne er alle Rechte einer natürlichen Person innehaben und ...

»Aber heiraten, das kann ein Verein ja dann wohl nicht, oder?« Das war wieder die knarzige Stimme.

»Stimmt«, sagte ich, ohne weiter auf den Zwischenrufer einzugehen. »Sehr gutes Beispiel übrigens. Eine juristische Person hat zwar als zweckmäßiger Hilfsbegriff, um es so zu sagen, *Hand und Fuß*, aber sie hat eben weder reale Hände noch Füße. Das heißt, wir operieren ganz selbstverständlich mit etwas, das es so gar nicht gibt. Insofern, Sie müssen zugeben, hat die Fiktion dieser juristischen ›Person‹ neben aller Nützlichkeit durchaus auch etwas ... Gespenstisches. – Danke.«

Der kleine Aufschub war nun dahin. Mein Blick lag ratlos auf den Papieren vor mir. Wahrscheinlich sah es so aus, als würde ich intensiv nachdenken.

Und ja, natürlich: Ich dachte an den Geisterradfahrer! Seit der Kollision mit ihm vorhin im Park war ich ganz durcheinander, so wie es meine Vorlesungsunterlagen offensichtlich auch waren.

Nachdem er mich gerammt hatte, war ich benommen zur Seite getaumelt, Schmerzen hatte ich zunächst nicht verspürt, dafür war der Schreck viel zu groß gewesen; stattdessen war mir sofort deutlich, überdeutlich, der Geruch feuchten Grases in die Nase gestiegen. Der uralte Instinkt aus dem Tierreich funktionierte also noch, bei Gefahr nahm man unverzüglich Witterung auf, die Nüstern blähten sich aufmerksam: Was war hier los? Von wo nahte der Feind?

Der Feind, in diesem Fall: der Radfahrer, stieg ab, beziehungsweise, sportlich schwang er sich von seinem Rennrad. »Getan haben Sie sich aber nichts.«

Das war keineswegs eine besorgte Frage, nein: eher die kühle Diagnose eines offenbar völlig Unbeteiligten, die er nach kurzem Seitenblick auf mich abgab.

Fassungslos konnte ich nur den Kopf schütteln, worauf er sachverständig nickte, um sich dann seinem Fahrrad zuzuwenden und es gründlich auf etwaige Verletzungen zu untersuchen. Das Vorderrad klemmte er sich dazu zwischen die Knie, was ihn, zumindest kurzzeitig, auf unvorteilhafte Weise x-beinig machte. Heftig ruckelte dieser Mister X am Lenker, um zu überprüfen, ob der festsaß und noch gerade war.

Völlig sinnlos, diese Aktion!

So viel immerhin hatte ich inzwischen zum Hergang der Sache rekapituliert: Beim scharfen Abbremsen musste er die Kontrolle über sein Rad, speziell: über sein Hinterrad, verloren haben, war auf dem Schotterweg des Parks ins Schleudern geraten, ausgerutscht und hatte mir mit seinem harten Rennradsattel diesen Rüffel verpasst.

Wenn schon, dann hätte er also den Sattel kontrollieren müssen, mit dem er meine linke Hüfte ... Ach, übrigens, mein lieber Sportsfreund: *linke* Hüfte!

»Ich kam aber«, sagte ich dann auch streng zu ihm, als ich endlich Worte fand, »von rechts.«

»Von rechts? Mann, du träumst, du kommst aus dem Muspott!«

»Außerdem – Sie sind ohne Licht gefahren.«

»Ich sehe alles.«

»Na, das haben wir ja eben gesehen.«

Zum Glück leuchteten meine Vorlesungspapiere, die auseinandergeweht, weit verstreut im Gras lagen, hell im schattigen Dämmer des Parks.

Beim hastigen Aufklauben mussten sie mir allerdings in eine falsche Ordnung geraten sein. Wie zum Hohn waren einige der Blätter unmittelbar neben einem überquellenden Abfallbehälter gelandet, wo ich sie zwischen Kronkorken, leeren knisternden Chipstüten und schwarz glänzenden Plastikbeuteln voller Hundescheiße mit spitzen Fingern auflas und entnervt zusammenraffte.

Ich spürte – schmerzhafte Erinnerung an diesen Zusammenprall – wieder das Stechen in der Seite, deshalb versuchte ich nun, flach zu atmen. Sonst hielt ich mich immer an meinen Aufzeichnungen fest, jetzt umklammerte ich mit beiden Händen das Pult, das ging auch; es gab mir einen gewissen Halt.

»Herr Dr. Lichtenau?«

Aus weiter Ferne drang eine Stimme zu mir vor und holte mich zurück in den Vorlesungssaal.

»Ja? Ach so, ja, danke. – Wo waren wir ...?«

Blick auf die Uhr an der Wand: Gut, bevor es gleich an die Klausur ging, war es Zeit für das große Finale. Meine Papiere brauchte ich dafür sowieso nicht, im Gegenteil: Es war viel wirkungsvoller, wenn ich nun kein Blatt mehr vor den Mund nahm oder es mir schutzsuchend vors Gesicht hielt, sondern frei sprach. Ich sammelte mich.

Zu diesem Zweck kniff ich ein Auge festentschlossen zusammen, das andere, das rechte, riss ich weit auf, so weit, dass es schutzlos offen war: bereit zur Empfängnis einer großen, einer höheren Wahrheit, die sich irgendwo, weit hinten am Horizont (ungefähr in Nähe der elektrischen Wanduhr), zu zeigen schien, meinen Seherblick richtete ich über die Köpfe hinweg in die Ferne.

»Das Spiel der Kinder –«, hörte ich mich mit erhobener Stimme sagen; erwartungsvolle Stille im Raum, ich ließ eine Pause. *Das bringst du jetzt nicht, oder?*, fragte mich höhnisch eine Stimme, es war meine eigene: die innere. Aber ich ignorierte sie. So oft hatte ich diesen Satz kurz vor Ende meines Vorlesungszyklus gebracht, warum nicht auch diesmal. Ich konnte das zwar schon selbst nicht mehr hören, und jeder normale Mensch hätte sich lieber auf die Zunge gebissen als ... aber egal: Gleich würden diese x-mal wiederholten, mit den Jahren konservierten Worte zuverlässig aus meinem Munde kommen, nein: Sie würden hervorperlen, und zwar so sprudelnd taufrisch, als spräche ich sie heute – Resultat einer wunderbaren Eingebung! – zum ersten Mal in meinem Leben aus.

Ich richtete mich auf: In einer Art Marienerscheinung, so zumindest musste es für das staunende Auditorium wirken, hatte sich mir soeben diese unerhörte Erkenntnis offenbart, die ich nun mit getragener Stimme, noch einmal bedächtig neu ansetzend, verkündete. »Das Spiel der Kinder ... ist es nicht der reinste und, verzeihen Sie mir bitte diesen, nun ja, etwas antiquierten Begriff, der *unschuldigste* Ausdruck dessen, was Hans Vaihinger unter seinem als universal angenommenen Denkprinzip des Als-ob verstand?«

Ich wartete, bis sich das alle notiert hatten, dann, gleichsam aus dem Stegreif, erläuterte ich diesen Gedanken an einem Beispiel: »Natürlich ist das, was das kleine Mädchen da stolz auf dem Kopf trägt, nichts weiter als eine alte graue Gardine. Wir wissen es. Aber im Moment des Spiels, in der Vorstellung des Mädchens, *ist* es ein Schleier und nichts anderes: Und solange das Spiel dauert, *ist* das Mädchen eine schöne Prinzessin. Das, genau das, ist das Wesen der Fiktion. Sie steht also, wie wir hier sehen, schon ganz am Anfang unseres Lebens. Und sie steht für das schlechterdings Unmögliche, das sich niemals verifizieren lässt. Es ist ja keine Hypothese, womit wir es hier zu tun haben, die sich irgendwann, nach langer Überprüfung, bewahrheiten oder widerlegen ließe. Wie, bitteschön, sollte man dieses zarte Hirngespinst denn auch widerlegen können? Und *wahr*? Wahr ist es natürlich auch nicht, keinesfalls.«

Im Unterschied zum prophetischen Ton gerade eben (*»Spiel der Kinder…«*) hatte es jetzt so geklungen, als hätte ich diese Prinzessin ganz nebenbei, gewissermaßen: aus meiner Westentasche, hervorgezaubert, leise und sehr hastig hatte ich gesprochen – aber natürlich, auch der Auftritt des kleinen Mädchens mit dem imaginären Gardinenschleier war von langer Hand vorbereitet gewesen, er gehörte zum fest vorgeschriebenen Repertoire meiner Abschlussvorlesung; ungeduldig hatte die verschleierte Kleine hinter der Kulisse gestanden, durch einen Spalt zwischen den Vorhängen neugierig in den Zuschauerraum geguckt und auf ihren Einsatz gewartet.

Beim raschen Durchblättern meiner Papiere hatte ich nun, endlich-endlich!, auch jenes Zitat gefunden, mit dem ich wieder festen Boden unter die Füße bekam und mit dem ich, bevor ich die vorbereiteten Blätter für die

Klausur austeilte, diesen Gedankengang ruhig und gemessenen Schritts zu Ende gehen konnte.

»›Reife des Mannes: das heißt den Ernst wiedergefunden haben, den man als Kind hatte, beim Spiel‹, Friedrich Nietzsche, *Jenseits von Gut und Böse*.« Und mit abklingender Stimme vervollständigte ich das noch durch die Jahreszahl, 1885, und die entsprechende Kapitelnummer, 94.

»Des Mannes ...?«, wiederholte ich und blickte fragend ins Auditorium. »Seien Sie, ich bitte Sie, großzügig und sehen Sie dem verehrten Kollegen Nietzsche diese rein männliche Form nach, die er hier gewählt hat. Das war, wie gesagt, 1885 – was die Geschlechterfrage betrifft also noch *jenseits* von Gut und Böse; ich kann nichts dafür, wirklich. Und Sie wissen ja vielleicht, so gerne ich es auch wäre: Ich bin nicht der Frauenbeauftragte Ihres Instituts ...«

»Gleichstellungsbeauftragte«, korrigierte mich streng die Stimme einer unsichtbaren Hinterbänklerin.

»Okay, danke für die Richtigstellung. – Sehen Sie, nicht einmal das wusste ich.« Ich räusperte mich. »Wie auch immer: Ich gehe, erstens, davon aus, dass Sie das auch ohne meine Hilfe in eine geschlechtsneutrale Formulierung übersetzen können, dass also jeder und *jede* von Ihnen«, mein Blick streifte kurz Miranda, die mit halboffenem Mund direkt vor mir saß und mir versonnen zunickte, »dazu in der Lage ist. Und, zweitens: Da Sie, wie ich annehme, früher alle einmal Kind gewesen sein sollten, können Sie sich vielleicht auch in etwa vorstellen, was Nietzsche gemeint hat.«

Ich blickte in den Saal, offenbar hatte niemand ein Problem damit, diesen Gedanken zu verstehen.

Für einen Moment des Innehaltens sahen die Studenten sich nun spielerisch zurückversetzt in die Sandkästen ihrer Kindheit, diese viereckig eingerahmten und trotzdem unendlichen Wüsten, oder sie rasten im kindlichen Eifer fünfjähriger Lokführer pausenlos im Schienenkreis der Modelleisenbahn ...

»Doch nun«, unterbrach ich ihre Kurzreise in die Vergangenheit, »wieder zurück zu Vaihinger. Während wir normalerweise peinlich darum bemüht sind, aus unserem Denken den Widerspruch zu eliminieren, gibt es eben auch Fälle – zum Beispiel die Fiktionen des ›reinen Gases‹, des ›reinen Gewissens‹ oder auch die von Ihnen vorhin erwähnte Fiktion der ›juristischen Person‹ –, in denen wir den Widerspruch zulassen müssen. Zitat Vaihinger, S. 75, *Die Philosophie des Als Ob*: ›Es ist ein Merkmal aller echten Fiktionen, Widersprüche zu enthalten.‹ Mit anderen Worten: Da wir in vielen Bereichen, in der Mathematik, in der Naturwissenschaft, in den Geisteswissenschaften, nicht ohne Fiktionen als Hilfsbegriffe auskommen, diese Fiktionen aber *per se* Widersprüche enthalten, müssen wir also lernen, mit dem Widerspruch zu leben, seine Existenz zu akzeptieren, anders geht es nicht. Auf diesen Umstand, der den Kern unserer schlichten, naiven Wissenschaftsgläubigkeit zutiefst erschüttert und der gewissermaßen zu einer Art *Kernschmelze* in unserem Denken führt, wollte ich Sie hier jedenfalls ausdrücklich hingewiesen haben.«

Nach diesem Fazit ließ ich eine längere Pause, damit sich das bei den Studenten setzen konnte.

Bei den *Studierenden* natürlich.

Noch immer hatte ich mich nicht an diese Sprachregelung gewöhnt. Es wurde Zeit, dass ich das allmählich lernte. Schon ein flüchtiger Blick ins Auditorium zeigte mir doch: Vom Erscheinungsbild, das sich hier präsentierte, waren die Geschlechtergrenzen in der Tat fließend geworden, eindeutige Zuordnungen zum Teil schwierig. Selbst die Tattoos, früher definitiv eine männliche Domäne, brandmarkten nun als blau, rötlich oder grün wuchernde Fantasiegebilde auch etliche der anwesenden weiblichen Oberarme, Nacken, grazilen Halsansätze.

Mein sorgenvoller Blick fiel auf Julian, links vorn, einen kleingewachsenen, rundlichen Studenten, der niemals gefehlt hatte, Typ: Klassenbuchträger & Tafelabwischer – im Hinblick auf Letzteres war Julian ein wenig aus der Zeit gefallen (aus dem *PowerPoint*-Zeitalter, um genau zu sein), er gehörte somit einer fast ausgestorbenen Spezies an, so wie ich. Da ich aber einer der wenigen Dozenten war, die aus alter Gewohnheit regelmäßig einen Namen, eine Jahreszahl oder eine Formel mit Kreide an die Tafel schrieben, gab es für ihn hier durchaus ein nützliches Betätigungsfeld.

Von Anfang an hatte sich Julian stark zur existenzialistischen Philosophie hingezogen gefühlt (eine Leidenschaft, die ich beim besten Willen nicht teilen konnte). Über Heideggers *Holzwege* hatte er sogar freiwillig eine umfangreiche, allerdings fast zu hundert Prozent internetbasierte Hausarbeit geschrieben: Dies war mir aber nur deshalb aufgefallen, weil auch ich selbst, was Heidegger betraf, völlig auf dem *Holzweg* war, mehrmals hatte ich bei Wikipedia nachschlagen müssen.

Einmal, schon lange her, hatte ich zwar versucht, eine von Heideggers bekannteren Schriften zu lesen. Was mich aber bei meiner äußerst stockenden Lektüre mehr und mehr gestört und am Ende absolut *ver*stört hatte, das war der großspurige Titel dieses Buches gewesen, *Was heißt denken?*, der in keinerlei Verhältnis zu seinem Inhalt gestanden hatte, sodass ich in der Folge alle weiteren Versuche, in Heideggers undurchsichtiges Gedankendickicht einzudringen, aufgegeben hatte: Heidegger, so jedenfalls schien es mir, war ein Philosoph, der stets, in jedem seiner Texte, peinlich um eine größtmögliche Unverständlichkeit und Dunkelheit bemüht gewesen war.

Wer weiß, woher Julians Obsession für den Existenzialismus rührte – für dessen abgründig metaphysische Sinn- und Seinsfragen, auf die es niemals eine klare, verlässliche Antwort zu geben schien. Rein äußerlich betrachtet machte Julian doch einen ganz aufgeräumten, ganz diesseitigen Eindruck. Ein Zopf, den man von Länge und Dicke her korrekterweise eigentlich schon als Pferdeschwanz bezeichnen müsste, wippte unternehmungslustig auf und ab, wenn Julian, der stets überpünktlich zur Vorlesung erschien, flott seinem Stammplatz zustrebte, der ihm nie von jemandem streitig gemacht wurde, ganz vorn: *Parkett, erste Reihe*.

Am anderen Ende der Skala beziehungsweise auf der anderen Seite des Vorlesungssaals, von mir aus gesehen also rechts: Annaluise, Annaluise Weber.

Dass sie meist an so exponierter Stelle saß, hing, glaube ich, weniger mit ihrem brennenden Interesse an der Philosophie zusammen: Aus Sparsamkeitsgründen rauchte sie ihre selbstgedrehten Zigaretten immer bis zum allerletzten Krümelchen auf; betrat sie dann, mit bewundernswerter Konsequenz zwei bis drei Minuten verspätet, den Vorlesungssaal – den Kopf trotzig gesenkt, sodass meine strengen Blicke nie bei ihr verfangen konnten –, waren die hinteren Plätze bereits alle besetzt.

Nur ungern hakte ich die Anwesenheit *Weber, Annaluise* auf der Liste ab.

Frau Weber strahlte eine provozierende Teilnahmslosigkeit aus. Ihr Körper, das war nur die in der Anwesenheitsliste aufgeführte Hülle; sie selbst, ihr schwebender Geist, schien davon völlig losgelöst zu sein, ständig war er in anderen Sphären unterwegs.

Und heute? Heute, nach diesem merkwürdigen Vorspiel mit dem Radrennfahrer, verstand ich das sogar: wie man *da* sein und zugleich *nicht da* sein konnte – entgegen der bekannten aristotelischen Formel, wonach es unmöglich sei, dass ein Körper sich zur selben Zeit an verschiedenen Orten befinde.

Die langen Finger ihrer Hände lagen meditativ ineinander verhakt auf dem schmalen Tisch. Sie brauchte sie nicht, sie schrieb grundsätzlich nichts mit. Anfangs hatte mich das nervös gemacht, später ignorierte ich es einfach. Den Schädel trug sie glattrasiert. Meist war sie in ein ockerfarben wallendes Gewand gehüllt; mit der runden Nickelbrille im strengen Gesicht sah sie aus wie ein buddhistischer Mönch, der momentan auf längerer Europatour war.

Zwischen diesen beiden Polen (Julian, feminin; Frau Weber, maskulin) gab es noch alle möglichen Spielarten und Abstufungen sowie zwei signifikante Ausnahmen: Miranda und Janine.

Letztere – die mit gleichförmig mahlendem Unterkiefer stets Kaugummi gekaut hatte, inklusive des gelegentlichen gedankenvollen Aufpustens einer Blase bis etwa auf die Größe eines Tischtennisballs und dem anschließenden *Plopp* ihres Zerplatzens – hatte ihr Erscheinen jedoch bedauerlicherweise bereits im frühen 12. Jahrhundert, mit dem Übergang zur Scholastik, endgültig eingestellt.

Blieb also: Miranda.

Sie saß direkt vor mir, und sie war tatsächlich ein Sonderfall, der noch ins alte Schema »Studentin«, so wie ich es von früher her kannte, zu passen schien.

Sommersprossig, rothaarig (Natur!), mit einem lässig oder auch nachlässig zusammengesteckten Dutt, erinnerte mich Miranda, deren leicht hervortretende grüne Mandelaugen auf eine weitläufige Verwandtschaft mit dem alten Stamme der Basedows hindeuteten, an einen reifen rotbackigen Apfel. Diese Assoziation war zwar, wie ich fand, völlig unter meinem Niveau, ändern konnte ich es trotzdem nicht.

Miranda war nicht zu übersehen, stets setzte sie sich an denselben Platz: genau unterhalb der Sichtachse, die meinen hilfesuchenden Blick oft genug mit der Wanduhr verband. Deren Zeiger, so kam es mir manchmal vor, stellten sich von Zeit zu Zeit einfach tot, verharrten bewegungslos auf dem Ziffernblatt und zwangen mich auf diese Weise zu rhetorischen Schleifen, sinnlosen Wiederholungen.

Miranda gehörte zu jener nicht ganz kleinen Schar Studierender, die sich etwas leichtsinnig für ein Studium an der *Hochschule für Kulturwissenschaften* entschieden hatte, ohne zu ahnen, dass es da nicht nur die bequemen Fächer gab wie »Alltagskultur«, worunter, zum Beispiel, die einsemestrige »Esskultur« fiel (mit fakultativem Vegan-Kochkurs am Dienstagabend bei Frau Dr. Schmidt-Hückstedt – *rechtzeitige Anmeldung unbedingt erforderlich!*), die sehr beliebte, immer gut besuchte »Mode als Kulturphänomen im Wandel der Zeiten« sowie das praxisorientierte »Eventmanagement I und II« (ganz zu schweigen von den zahllosen Vorlesungen und Seminaren, die entweder verheißungsvoll mit dem Zauberwort »Gender-« begannen oder aber ziemlich unverbindlich mit einem »-studies« endeten); nein, es gab da auch noch ganz andere Kaliber, richtig schwere Brocken, die aus dem Weg zu räumen waren, ehe es nach sechs Semestern zum Bachelorabschluss kam.

Zum Beispiel die Philosophie, die ich hier vertrat; zumindest vertretungsweise.

Von den anderen hielt sich Miranda fern. In den Pausen, wenn sich am Innenhofeingang zur Hochschule eine größere Gruppe einfand und in lockerer Runde ihr geheimnisvoll umwölktes Gravitationszentrum, die rostige Urne des Aschenbechers, umstand, lehnte Miranda, ein Bein angewinkelt, immer ein paar Schritte abseits an der Hauswand und starrte vor sich hin.

Einmal hatte sie sich zu mir in die Sprechstunde angemeldet. Im matten halbblinden Spiegel, der innen an der Schranktür befestigt war, hatte ich mich kritisch von allen Seiten gemustert und mir mit einem raschen Handgriff eine lange Haarsträhne so in die Stirn gestrichen, dass es einigermaßen draufgängerisch ausgesehen hatte.

Doch wer nicht kam, war Miranda.

Als auch das unwiderruflich letzte Pfefferminz aufgelutscht war, ich meine Sachen zusammengepackt hatte und schon gehen wollte, entdeckte ich sie. Ganz unscheinbar saß sie auf dem Gang unter Kopfhörern und wartete. Ich bat sie herein. Schüchtern huschte sie an mir vorbei, setzte sich, meinem Wink folgend, auf den Besucherstuhl und schlug sofort ihr Heft auf.

Ganz offensichtlich aber hatte sie den tieferen Sinn einer Sprechstunde nicht richtig verstanden. Anstatt zu sprechen, also zum Beispiel Fragen zum Vorlesungsstoff zu stellen oder sich sonst irgendwie interessiert zu zeigen, saß sie nur so da, schwieg und starrte mich fragend aus ihren sehr speziellen grün schimmernd hervortretenden Augen an. Dann wieder blickte sie sich ehrfürchtig staunend im Gästedozentenbüro um, vielleicht hatte ihr *das* die Sprache verschlagen.

Meine winzige Klause war Abstellkammer für alles, was mit den Jahren an der Hochschule überflüssig geworden war: ein ausrangiertes Kopiergerät, das seine inflationäre Geschäftstätigkeit längst eingestellt hatte und nun, als Elektroschrott, nur noch darauf wartete, umweltgerecht entsorgt zu werden; zwei defekte, durchgesessene Bürosessel, der eine kopfüber (das Fußteil mit den Rollen ragte tragisch nach oben!) auf dem anderen – wirklich, ein trauriges Paar in der hintersten Ecke, ihre graue Plastikarmlehnen umarmten sich steif und fest und völlig verklemmt;

eine abgeschriebene grüne Wandtafel, die an einem bis auf den daraufliegenden Staub leeren Buchregal lehnte, ein Überbleibsel aus dem vergangenen Jahrhundert, an der ich mir aber trotzdem, auch noch in diesem, dem 21. Jahrhundert!, regelmäßig das rechte Knie stieß, wenn ich mir einen schmalen Pfad zum Fenster bahnte, um wenigstens etwas frische Luft in mein Verlies zu lassen; weiterhin: ein Wasserkocher, der in seinem Innern hauptsächlich aus bröseligem Kalkstein bestand, unter dem man die Heizspirale allenfalls noch erahnen konnte, in dem ich mir dennoch ungerührt – *Kalk zu Kalk!* – Wasser aufsetzte, das dann bedrohlich trübe aufzubrodeln begann, ich brauchte es für meinen obligatorischen Pfefferminztee. Und, schließlich, nicht zu vergessen: mich.

Um die Sache mit Miranda einigermaßen vernünftig und hochschulgerecht zu Ende zu bringen, diktierte ich ihr auf und ab schreitend – so gut das überhaupt ging in diesem winzigen Kabuff – ein paar weiterführende Literaturhinweise, die sie in ihrer extrem linksgeneigten Schulmädchenhandschrift dann auch ganz ordentlich in ihr Heft notierte.

Bei einem der Titel allerdings, als ich ihn laut vorlas, stockte ich kurz, und zwar bei Richard David Prechts *Wer bin ich – und wenn ja, wie viele?*. Tja, hatte ich da gedacht, gute Frage, wer weiß das schon so genau von sich ... Nachdenklich, von oben herab, betrachtete ich Mirandas schlanke Finger, wie sie weiß über das weiße Papier glitten.

Am Ende der Sprechstunde bedankte sie sich bei mir, sie lächelte dabei scheu; dann, auf einmal ganz rasch, verließ sie mein Büro. Ich stand noch einen Moment verwirrt und unentschlossen vor dem Schreibtisch.

In den Vorlesungen hatte Miranda immer gebannt an meinen Lippen gehangen und Wort für Wort mitgeschrieben. Daran konnte man sich gewöhnen, beziehungsweise: Daran *hatte* ich mich gewöhnt. Zu Hause, das fiel mir jetzt auf, machte Isabell das leider viel zu selten, genau alles mitzuschreiben, was ich zu ihr sagte; eigentlich, das musste ich mir eingestehen, machte sie das nie.

Auch deshalb bedauerte ich es, dass das heute auf absehbare Zeit meine letzte Veranstaltung war. Schon jetzt wusste ich, dass ich spätestens nächste Woche meine kleine Montagabendgemeinde vermissen würde. Miranda sowieso. Aber auch Julian, mein Sorgenkind. Sogar die eigensinnige, rätselhafte Frau Weber.

Allerdings ... vorhin, als ich über den Innenhof gelaufen war, hatte ich Licht in Möllendorfs Zimmer gesehen – und nicht nur dort: auch im Sekretariat; Festbeleuchtung in der ganzen Zimmerflucht der Chefetage! Licht: womöglich auch am Ende des langen Tunnels?

Der Rektor hatte mich gebeten, nach meiner Abschlussvorlesung in einer anstehenden »Personalangelegenheit« zu ihm zu kommen.

Letzte Woche hatte Caspary mir auf dem Gang im Vorbeigehen zugeraunt, »die Sache« sei so gut wie entschieden und müsse nur noch von der Senatskanzlei abgesegnet werden; ich war auf dem Weg zur Vorlesung gewesen, hatte es eilig gehabt, außerdem war ich viel zu stolz gewesen, bei Caspary, der allwissend in sich hineingelächelt hatte, genauer nachzufragen. Seit der

Frühjahrskonferenz misstraute ich ihm – und zwar hundertprozentig.

»So gut wie entschieden …«– Ja, aber *wie*?

Natürlich, Caspary, der musste es wissen, der wusste alles, schließlich ging der beim Rektor ein und aus. Die beiden waren, wie man hörte, sogar im selben Golfklub. Schon immer hatte ich Caspary für einen hochkarätigen Streber gehalten.

Im Grunde war die Sache einfach: Breitenbach, einer der Institutsgründer und, nominell, noch Dekan des Fachbereichs Philosophie, würde nach seiner Rücken-OP im März und seiner Reha in Bad Pyrmont, wo er momentan war (eine bunte *Gruß aus …*-Ansichtskarte vom Kurpark hatte ich neulich an der schwarzen Pinnwand von Frau Weyer im Sekretariat des Rektors gesehen), direkt in den Ruhestand wechseln.

Sein Fachbereich, früher ein, wenn nicht sogar *das* Markenzeichen und das weithin sichtbare Aushängeschild der Hochschule, war mit der Zeit immer weiter in sich zusammengeschrumpft (vor ein paar Jahren hatte sich auch noch Dr. Caspary von ihm abgesetzt und war an den aufstrebenden, drittmittelgestützten Bereich Kulturtheorie gewechselt, wo er, inzwischen: Prof. Dr. Caspary, zum Fachbereichsleiter geworden war), sodass die Philosophie bis auf ihren weißhaarigen Dekan, also Professor Breitenbach selbst, am Ende völlig verwaist war: ein stoisches Ein-Mann-Unternehmen.

»Ich bin«, das hatte Breitenbach am Anfang des Semesters wehmütig, aber auch ein bisschen stolz zu mir gesagt, »gewissermaßen der Vorsteher eines Geisterreichs.

Sie müssen zugeben, mein lieber Anton, im Hinblick auf unser schönes, erlesenes, ja: auserlesenes Fach ist das ja nicht ganz unpassend.«

Diese Stelle würde also frei werden.

Zwar war im Gespräch mit Breitenbach die Rede davon gewesen, dass ich im Frühjahrssemester »die Stellung halten« solle – aber die Frage war ja, ob es die Philosophie nach Breitenbachs Ausscheiden überhaupt noch an der Hochschule geben würde. Nach der Frühjahrskonferenz vor ein paar Wochen war ich mir da nicht mehr so sicher, ganz im Gegenteil.

Alles hing jetzt am Rektor.

Eine öffentliche Ausschreibung hatte ich bisher noch nirgendwo gefunden. Wenn, dann favorisierten sie also sicher eine interne Regelung. Und Breitenbach – der war doch schon lange so etwas wie mein Mentor an der Hochschule. Die regelmäßigen Einladungen zu Gastprofessuren, die ich bekam, verdankte ich jedenfalls ihm.

Ohne diese Gastprofessuren hätte sich mein Privatdozentendasein in den letzten Jahren tatsächlich darauf beschränkt, fast ausschließlich *privat* zu dozieren: also zum Beispiel morgens im Bad ausgiebig unter der heißen Dusche; das waren meist Spontanvorträge zu verschiedenen Themen.

Oder danach beim Frühstück mit Isabell. Obwohl ich manchmal den Verdacht hatte, dass sie es sich angewöhnt hatte, mir, wenn ich ihr etwas Wichtiges mitzuteilen hatte – zum Beispiel, dass ich endlich die zentralen Gliederungspunkte für ein wissenschaftliches Gutachten gefunden hatte, über die ich schon seit Längerem ohne Resultat nachgedacht hatte, die mir aber, gerade als ich die Dusche abrupt auf kalt gestellt hatte, plötzlich eingefallen waren –, aufmerksam und mit hochinteressiertem Blick *nicht* zuzuhören (vgl. im Unterschied dazu: Miranda!). Bei Gelegenheit musste ich das mal, eventuell durch eine beiläufig gestellte Testfrage, überprüfen.

Doch auch ich selbst hörte ihr ja manchmal nicht richtig zu. Vor allem dann nicht, wenn sie mir, noch im lose umgeschlungenen Bademantel, von ihren Wahnsinnsnächten mit diesem Dr. Mai, dem dubiosen Chefarzt, erzählte: Nächte, in denen sie, nach eigener Aussage, »kein Auge zugemacht« habe.

Später dann, am Vormittag, mit den Enten im Park, war es anders. Bei meinem täglichen Rundgang, wenn der Tag für mich langsam, Schritt für Schritt, in Tritt kam und ich mich ans Aufräumen machte und den Abfall der Nacht sortierte, die wirren, wahllos ausgeschnittenen Träume von der Zwischenablage in den Papierkorb verschob und ein paar meiner Nachtgedanken aufsammelte, indem ich sie in meinem Notizbuch festhielt, versäumte ich es nie, bei ihnen vorbeizuschauen beziehungsweise sogar: vorzusprechen.

Gebeugt über das Eisengeländer, sah ich meine vorbildliche Zuhörerschaft unten im Großen Teich eilig heranschwimmen – eine kleine Flottille, wie von einem Magneten angezogen. Sie wurde dann auch, nachdem ich halblaut einige Brosamen, Bruchstücke meiner Gedanken, fallengelassen hatte, regelmäßig von mir mit einer Handvoll Brotkrümeln belohnt.

Inzwischen, dank mobiler Telefone mit Freisprechfunktion, musste man längst nicht mehr in einsame Parkanlagen fliehen, um einfach so vor sich hinsprechen zu können, das galt schon lange nicht mehr als verhaltensauffällig – überall liefen ja verdrahtete, leise brabbelnde oder laut mit dem großen Unsichtbaren kommunizierende »Privatdozenten« herum, eine Ausnahme war ich da längst nicht mehr.

Außerdem: Selbst im Park war man ja nicht mehr sicher. Ich sah wieder den irren Radfahr-Rambo vor mir!

Beziehungsweise: Ich sah ihn verschwinden. Mit einem Kopfschütteln hatte der sich schließlich aufs Rad geschwungen. Um wieder richtig in die Gänge zu kommen, war er zunächst im Stehen gefahren, hatte sich dabei mächtig abgestrampelt, kräftig in die Pedale getreten beziehungsweise: hatte wütend auf sie eingetreten. Im Davonfahren hatte er ausgesehen wie ein beleidigter Storch, der im Zeitraffer über eine sumpfige Wiese stakste.

Ich ging nun durch die Reihen und teilte die vorbereiteten Blätter für die schriftliche Klausur aus.

Ein Prüfungsblatt blieb merkwürdigerweise übrig.

Schon wollte ich die Namen auf der Liste noch einmal durchzählen, da fiel mir ein: Dieses Blatt war ein Überbleibsel, das an die kurzzeitige, mit einem *Plopp* beendete materielle Existenz Janines in meiner Philosophievorlesung erinnerte. In der irrigen Annahme, Janine würde vielleicht doch eines Tages reumütig zurückkehren, musste ich vergessen haben, ihren Namen von der Liste zu streichen (... hoffentlich gab es deswegen keinen Ärger mit dem Prüfungsamt!), und hatte deshalb eine Kopie zu viel gezogen.

Noch einmal überflog ich kurz die beiden Fragen, die dort standen:

1. *Erläutern Sie den grundsätzlichen Unterschied zwischen einer Fiktion und einer Hypothese! Zeigen Sie an einem Beispiel, dass fiktionale Annahmen zu den unverzichtbaren Grundbausteinen unseres Erkenntnisvermögens gehören, und stellen Sie dar, wie sie unser Denken bestimmen und unser Handeln beeinflussen.*
2. *Was meint Hans Vaihinger in seinem Hauptwerk* Die Philosophie des Als Ob *mit dem Satz: »Die* Wahrheit *ist nur der zweckmäßigste Irrtum«?*

»Sie haben dafür neunzig ... «, ich sah auf die Uhr, »nein, jetzt noch fünfundsechzig Minuten Zeit. – Noch Fragen?«

Keine.

Oder doch: *Warum fragt ein Lehrer seine Schüler?* Das hatte in der Schule als krakelige Inschrift auf meiner Bank gestanden und mich durch die gesamte Mittelstufe begleitet. Und wie lautete die Antwort? *Weil er es selbst nicht weiß.* Genau, dachte ich, genau das ist das Problem. Ich schob meine Papiere zusammen.

Miranda nickte mir ernst zu, zuversichtlich schlug ich die Augen nieder.

Natürlich, sie konnte auf mich zählen, Miranda hatte nicht ein einziges Mal im ganzen Semester gefehlt, und sie war sogar in meiner Sprechstunde gewesen. Auf keinen Fall würde sie eine Note schlechter als zwei bekommen, das war ich ihr einfach schuldig. Zu so viel Objektivität sollte ein Wissenschaftler schon in der Lage sein:

Die Bewertung für ein ganzes Semester durfte auf keinen Fall von einer zufälligen Tagesform, womöglich einer kleinen Indisponiertheit, abhängig gemacht werden. Egal, was Miranda auch schreiben würde: Eins Komma sieben, mindestens, dachte ich, als ich sah, wie sie zum Stift griff und die Stirn, in die eine widerspenstige feuerrote Strähne ihres Haares gefallen war, in attraktive Fältchen legte.

Julian fixierte das Blatt. Auf eine merkwürdige, fast schon beängstigende Weise rieb er sich die Hände. Hoffentlich schrieb der nicht wieder viel zu viel ...

»Und schreiben Sie bitte keine Romane!« Ich verband meine Ermahnung mit einem deutlichen, beinahe theatralischen Seufzer: »Denken Sie daran: Ich muss das dann ja auch alles lesen.« Kurz, aber voller Mitgefühl dachte ich einen Moment lang an Isabell.

Frau Weber rührte sich nicht. Sie saß zurückgelehnt an ihrem Platz – in weitestmöglichem Abstand zum Prüfungsblatt, das vor ihr lag und über das hinweg sie einen skeptischen Blick ins Leere warf. Ob die überhaupt einen Stift bei sich hatte? Ich wollte schon hingehen und sie fragen, aber nein, das war schließlich ihr Problem.

Als ich bemerkte, dass die meisten noch unentschlossen waren und sich eher mit der Auswahl und Funktionstüchtigkeit ihrer Schreibgeräte als mit der Aufgabe selbst beschäftigten, lehnte ich mich mit dem Rücken an das Pult, ich hob die rechte Hand, hob die Stimme.

»Gut, also kleine Hilfestellung noch. Als ich vorhin meine Vorlesung gehalten habe, da hatte es für mich durchaus den Anschein, als ob ... ja, Sie hören richtig: *als ob* Ihre ungeteilte Aufmerksamkeit mir gegolten hätte. Danke, das war sehr nett von Ihnen. Ich weiß es zu schätzen, wirklich. Dabei, ohne Ihnen jetzt zu nahe treten zu wollen, gingen Ihnen höchstwahrscheinlich ganz andere Sachen im Kopf herum als ... als ausgerechnet Vaihingers Philosophie, oder etwa nicht? Ob Sie heute Abend zum Beispiel noch ein Bier im Kühlschrank haben, warum Ihr Freund schon wieder seit Tagen nicht angerufen hat oder auch, was weiß ich: worin der Sinn des Lebens besteht ... und, und, und.«

Julian, der an dieser Stelle plötzlich begonnen hatte, eifrig mitzuschreiben, fing sich dafür einen fragend-skeptischen Blick von mir ein, woraufhin er seinen Stift sofort wieder ablegte.

»Verstehen Sie das bitte nicht falsch: Das alles werfe ich Ihnen überhaupt nicht vor. Das ist ganz natürlich. Ohne diese kleine Schauspielerei wäre unser Leben nicht unser Leben, sondern nur ein uninspiriertes *Eins-zu-eins*-Dasein im unmittelbaren Hier und Jetzt. Wenn Sie sich vielleicht auch über diesen Aspekt den einen oder anderen Gedanken machen mögen: bitte, sehr gern, auch dafür bin ich offen. Ich bin gespannt. – Und schließlich, das betrifft Frage 1: Sie sollten unbedingt noch einmal rekapitulieren, was Wittgenstein im Hinblick auf den Begriff der Hypothese und die verschiedenen Arten der Wahrscheinlichkeit in seinen *Philosophischen Bemerkungen* geschrieben hat. Erinnern Sie sich?«

Keine Reaktion.

Gut, Hauptsache, ich erinnerte mich: Die vergilbte Kopie aus Wittgensteins Buch hatte ich hinten an meiner

Vorlesungsmappe mit einer Büroklammer befestigt, wo ich sie vorsichtig löste.

»Dort heißt es: ›Wenn ich nun in diesem Sinne sage *Ich nehme an, dass morgen die Sonne wieder aufgehen wird, weil das Gegenteil zu unwahrscheinlich ist,* so meine ich hier mit *wahrscheinlich* oder *unwahrscheinlich* etwas ganz anderes, als mit diesen Worten im Satz *Es ist gleich wahrscheinlich, dass ich Kopf oder Adler werfe* gemeint ist.‹« Ich legte das Blatt wieder ab und blickte auf.

»Lassen Sie sich hier bitte nicht dadurch irritieren, dass von *Kopf oder Adler* die Rede ist. Eigentlich wäre es ja ganz praktisch, stünde auf einer Münze auch eine Zahl, nicht wahr? Deswegen heißt es ja auch üblicherweise *Kopf oder Zahl*. Ein Versehen? Vielleicht. Da diese Schrift aus dem Nachlass veröffentlicht worden ist, hatte der verdienstvolle Herausgeber, Rush Rhees, offensichtlich keine Gelegenheit mehr, bei Wittgenstein selbst diesbezüglich nachzufragen. Lassen wir es einfach mal so stehen, Sie wissen ja sicherlich, was gemeint ist.«

Ich ging ein paar Schritte auf und ab, dann sammelte ich mich zu meinem Schlusswort: »Also höchstwahrscheinlich, oder hoffentlich!, wird es bei Ihnen heute nicht auf die Fifty-fifty-Wahrscheinlichkeit des Münzwurfs hinauslaufen, ob Sie in der Klausur etwas Vernünftiges zu Papier bringen oder nicht. Ich kann das jetzt, im Moment, nur hypothetisch so annehmen. Aber spätestens dann, wenn ich Ihre Arbeiten lese, habe ich Gewissheit. Dann hat meine Hypothese ihren Dienst getan und aufgehört, Hypothese zu sein: Sie ist dann eine Tatsachenbehauptung geworden, sie ist verifiziert oder falsifiziert worden. Sie hat als Hypothese nur eine begrenzte Lebensdauer. So weit also die brave Wahrscheinlichkeitsrechnung. – Andererseits, meine Damen und Herren: Es ist nicht nur mehr oder weniger unwahrscheinlich, genau zu wissen, was uns der nächste Tag oder auch schon, was uns die nächste Stunde bringt, nein, es ist sogar absolut *unmöglich*! Das ist eine reine ... Fiktion! Es kann uns ein Auto überfahren oder, ganz blöder Zufall: Ein Radfahrer rammt uns plötzlich auf einem Parkweg und – ja ... Das alles ist möglich, und das alles können wir nicht wissen. Aber trotzdem tun wir so, als ob wir wüssten, was uns der nächste Moment bringt.« Ich nahm die Papiere vom Pult: »Der Mensch, auf absolut unsicherem Grunde stehend, entwirft sich also immer wieder planvoll – ins Blaue hinein ...«

Kein übermäßig großer Beifall, aber dennoch: Ein paar Fingerknöchel rührten sich, und einige angeknabberte Bleistifte applaudierten ungelenk, respektive: hölzern, auf den Tischplatten.

»So, der Worte sind genug gewechselt, jetzt, in den noch exakt achtundfünfzig verbliebenen Minuten, lassen Sie mich auch endlich Taten sehn!«

Ein letzter Blick ins Auditorium, dann verließ ich leise den Vorlesungssaal, behutsam schloss ich die Tür hinter mir. Ich wollte, zumal ich nur Gastprofessor war, hier nicht den übereifrigen Aufpasser spielen.

Der schwach erleuchtete Gang war leer.

Hinter der nachtblinden Fensterfront, die glasig hinaus ins Dunkel starrte, lag der Innenhof – mit dem Betonflachbau der Mensa in der Mitte und dem schräg aufragenden Birkentrio neben dem Eingang. Das alles war unsichtbar, ich konnte es mir im Moment nur vorstellen; die Hände in den Hosentaschen, stellte ich mich vor das Fenster.

Dieser Fensterplatz war wirklich erstklassig – zu sehen war nichts, absolut *nichts*; mit anderen Worten: Im schwarzen Spiegel der Scheibe sah ich jetzt nur mich selbst.

VOR EINEM HALBEN JAHR hatte alles begonnen, außerplanmäßig diesmal, das heißt: mitten im Studienjahr, also ziemlich überraschend für mich.

Es war an einem jener grauen Wintertage gewesen, die sich nicht entscheiden können, ob sie überhaupt noch richtig Tag werden wollen oder nicht. Aus pädagogischen Gründen hatte ich mir zwar wie immer den Wecker gestellt, war aber nun doch im ernsthaften Zweifel mit mir, ob ich den dringenden Piepsignalen, die er mir vom Nachttisch aus zusandte, auch wirklich Folge leisten sollte.

Isabell war längst aufgestanden, um das festzustellen, musste ich nicht einmal die Augen öffnen – ein Handgriff genügte, ich spürte, das Laken in ihrer Betthälfte war bereits erkaltet, die Decke war weit zurückgeschlagen.

Am Abend zuvor hatten wir, erst in der Küche, dann im Bad, zuletzt sogar noch im Schlafzimmer, eine lebhafte Diskussion gehabt.

Isabell, mit ihrem untrüglichen siebten Sinn für den treffenden Ausdruck, hatte dann zwar abschließend gemeint, als sie das Licht ausgemacht hatte und es endlich dunkel geworden war, wir hätten uns »so irre gefetzt wie schon lange nicht mehr«, ihre Stimme hatte dabei, was mich noch gewundert hatte, merkwürdigerweise sehr zufrieden geklungen, aber auch darüber hatte ich keine Lust mehr gehabt, weiter mit ihr zu diskutieren, von einem Moment zum anderen war ich in einen tiefen, später, zum Morgen hin, sehr unruhigen Schlaf gefallen.

Jedenfalls hatten wir uns nicht über die altbewährten Themen gestritten, über die wir uns in den goldenen Anfangszeiten unserer *WG-Beziehung* – wie wir sie auch nach über zwanzig Jahren intern immer noch nannten – so leidenschaftlich und nach Herzenslust in die Haare gekriegt hatten (also: Wochenputzplan Küche + Bad; Einkauf Grundnahrungs- und Reinigungsmittel etc.).

Diesmal war es um etwas anderes gegangen.

Und Isabell, das musste ich zugeben, hatte ja recht gehabt: Sie als freie Lektorin und ich als Privatdozent (mit mehr privater Tagesfreizeit, als mir lieb sein konnte) – das war etwas viel Freiheit auf einmal, mehr jedenfalls, als wir beide es uns leisten konnten, zumal ich es diesmal versäumt hatte, das gerade begonnene Jahr vernünftig vorzuplanen.

Ein neuerliches »Gastspiel« an der Hochschule, das die Lage, sprich: die *finanzielle* Lage, deutlich hätte entspannen können, stand für das Frühjahrssemester nicht auf dem Programm.

Im Klartext hieß das: Bis auf einen – einen *einzigen!* – URANIA-Vortrag Anfang Mai (»Leibniz – ein Meilenstein«) sowie die nun schon traditionelle 20-Uhr-Veranstaltung, den »Philosophiegrundkurs für Anfänger – von der Antike bis zur Gegenwart« an der Volkshochschule Charlottenburg (der seinen Termin am begehrten Donnerstagabend hart gegen einen philosophisch orientierten indischen Yogakreis und eine Geistheilungsselbsterfahrungsgruppe hatte behaupten müssen – *Abendland vs. Fernost? Geist vs. Geister*), stand nichts weiter auf der Agenda, abgesehen von ein paar Kleinigkeiten, zum Beispiel einigen noch aus dem Vorjahr liegengebliebenen Rezensionen, Gelegenheitsarbeiten also, nicht nennenswert, bei denen die Bezahlung hauptsächlich aus Naturalien, sprich: aus einigen Belegexemplaren der jeweiligen Zeitschriften bestand. Kurzum: Die Seiten meines Kalenders waren weiß und übersichtlich – eine endlose antarktische Eiswüste.

Fröstelnd zog ich mir die Decke noch einmal über die Schulter.

Während Isabell, die nach Neujahr wahrscheinlich insgeheim (und ziemlich irrational) darauf gehofft hatte, alles würde anders werden und besser laufen als im letzten Jahr, schon wieder ihre tägliche Galeerenarbeit verrichtete, dachte ich seit Wochen noch immer intensiv und noch immer ergebnislos darüber nach, was mir Breitenbach bei unserem letzten Gespräch gesagt hatte.

Der hatte im Herbst beim Rektor vorgefühlt: Ohne eine vorzeigbare Monografie, am besten so etwas wie ein Lehrbuch, das philosophische Fragen lebensnah und anschaulich mit jenen kulturtheoretischen Themen verband, die auf dem Studienplan standen, konnte Breitenbach an der Hochschule nichts für mich tun. Die Zeit drängte, bald würde er in den Ruhestand gehen. Und dann konnte er überhaupt nichts mehr für mich tun.

Diese Monografie also musste geschrieben werden. Das war das Problem. Und ein halbes Jahr hatte ich Zeit, es zu lösen. Im Grunde aber war es ein Teufelskreis oder auch, ganz klassisch, ein Dilemma – es stand mir so deutlich vor Augen, dass ich es, wäre das nicht völlig abwegig gewesen, bequem in einer Vorlesung als Beispiel hätte verwenden können: Um eine feste Stelle an der Hochschule zu bekommen, musste ich dieses Lehrbuch geschrieben haben. Um in aller Ruhe dieses Lehrbuch schreiben zu können, hätte ich eine feste Stelle (mit einem festen Einkommen) an der Hochschule haben müssen.

Als vertrauensbildende Maßnahme erwog ich nun, wenigstens aufzustehen und, gleich um die Ecke, bei Bäckerei *Jahnke* Schrippen zu holen. Das war aber – erster klarer Gedanke des Tages! – Unsinn. Da Isabell das Bett bereits verlassen hatte, war es dafür definitiv schon zu spät: Nüchtern setzte sie sich morgens nie an den Schreibtisch, das konnte sie gar nicht bei ihrer Schwerstarbeit; mit Sicherheit hatte sie bereits gefrühstückt.

Und sie war schon – jetzt hörte ich ihre Stimme durch die Wand – bei der Arbeit.

»Gut: Herr Kupetzke, der scheinheilige Pharmareferent aus Ulm ... Na schön, meinetwegen auch Arzneimittelvertreter – das ist mir jetzt ganz egal, wie Sie ihn nennen – ist vergiftet worden.«

–

»Ja, natürlich erinnere ich mich: mit Zyankali, klar. Da hatte doch diese militante Umweltaktivistin ...«

–

»Schwester Viola, richtig!, die hatte ihre Hand da mit im Spiel. Jetzt frage ich mich nur, beziehungsweise das frage ich Sie: wieso Kupetzke plötzlich wieder lebt?«

–

»Aber ich finde, das muss man doch erklären, sonst …«

–

»*Scheintot*? Ich bitte Sie, Herr Sommer!«

–

»Also schön, ich fasse noch mal die Situation, Stand vorige Woche, zusammen: Nachdem Dr. Mai zufällig herausgefunden hat, dass …«

Ich gähnte.

Manchmal dachte ich, Isabell könnte genauso gut auch Psychotherapeutin sein. Speziell im Fall Sommer oder Winter war sie das ja wohl auch.

Ich tappte im Dunkeln: Ich tappte durch den Flur Richtung Bad. Blick in den Spiegel, etwas unausgeschlafen zwar, trotzdem: kurzer Moment der Wiedersehensfreude. Dann die allmorgendlichen Reanimationsversuche, erst mit heißem, schließlich mit eiskaltem Wasser.

Schwankend, von hoher See, nach frischem *Meeresbrise*-Duschbad (mit Algenextrakt) duftend, die Haare vom Sturmwind des Föhns wild zerzaust, kam ich wenig später, das große Frotteetuch umgeschlungen, aus dem Bad, da wehte Isabell mir im Flur entgegen, mit einer Kaffeetasse in der Hand.

Doch statt dort fortzufahren, wo wir gestern aufgehört hatten, lächelte sie mich an. Auch das sonst übliche, oft genug naserümpfende *»Na, wieder frisch zurück aus der chemischen Reinigung?«*, sparte sie sich diesmal; sie streifte mir einen Guten-Morgen-Kuss über die frischrasierte Wange.

»Tut mir leid, du, wegen gestern«, sagte sie, »aber er nervt mich schon wieder so, ich kann dir gar nicht sagen, wie.«

»Sommer ...«, sagte ich finster.

Sie nickte.

Das verstand ich. In den letzten Monaten hatte diese Beziehung eine Entwicklung genommen, die man nicht mehr gutheißen konnte.

Stumm schloss ich sie in die Arme.

So rasend gern hätte ich ihr etwas abgenommen, wäre ich eingesprungen, um sie wenigstens ein bisschen zu entlasten, damit sie endlich Ruhe vor diesem Ron alias Ronny alias Winter alias Sommer ... Mitten in meine düsteren Gedanken hinein klingelte energisch das Telefon, es war halb elf.

Isabell, die Augen verdreht, griff nach dem Hörer des Flurapparats. Auf meinen fragenden Blick hin schüttelte sie nur den Kopf; ihr Gesicht hellte sich nun auf, und ihre Lippen sagten mehrfach überdeutlich in Taubstummensprache ein unverständliches Wort zu mir, dann nickte sie dem unsichtbaren Gegenüber freundlich zu.

»Ja, natürlich«, sagte sie und hielt mir den grauen Telefonhörer hin.

Es war Breitenbach.

»Jetzt habe ich Sie wahrscheinlich gerade mitten aus der Arbeit gerissen, nicht wahr?«, fragte er besorgt.

»Ach was! Guten Mor... äh, guten Tag, Herr Breitenbach.« Den Hörer zwischen Ohr und feuchte Schulter geklemmt, zurrte ich das Badetuch fester um meinen Bauch.

»Wie ist es, Anton? Wie weit sind Sie? Gibt es schon was zu lesen, etwas Vorzeigbares?«

Ich atmete schwer aus.

»Verstehe! Bloß nicht zu viel verraten vorher. Drei-, viermal eine Sache schlüssig erzählt, das ist der sicherste Weg, um sie dann wirklich nie mehr aufschreiben zu können – altes Gesetz. Gut, sehr gut, dass Sie sich daran halten. Da nimmt man nur sinnlos Druck vom Kessel.«

Erleichtert nickte ich. Isabell war unterdessen in die Küche gegangen, ich hörte, wie sie den elektrischen Wasserkocher volllaufen ließ.

Ganz unvermittelt fragte er mich nun: »Würde es Ihnen etwas ausmachen, mich in nächster Zeit mal zu besuchen?«

»Nein, natürlich nicht, ich bitte Sie, immer sehr gern, das wissen Sie doch. Wann ... also wann hätten Sie denn gedacht, so in etwa?« Meine Hand war schon unterwegs Richtung Kalender, der gestern neben dem Flurtelefon liegengeblieben war.

»Heute, zum Beispiel.«

»Heute???«

»Ja, am liebsten gleich. – Ginge das? Oder kommt das jetzt zu plötzlich?«

Pro forma hatte ich mit links den Kalender aufgeschlagen, versonnen betrachtete ich die leere Doppelseite der dritten Kalenderwoche. »Ja, nein ... ach, das wird sich schon irgendwie, ja, das kann ich dazwischenschieben. Doch, ja, das lässt einrichten.«

»Sehr schön, Anton. Auf Sie ist wirklich Verlass. Also,

ich warte hier auf Sie. – Immer noch Ahornweg 17. Und bei Ihnen: immer noch Pfefferminztee?«

Ich nickte.

Eine halbe Stunde später stapften meine Füße den altbekannten Weg durch die schmutzigen Straßen. Der Schnee, der nach Neujahr gefallen war, war inzwischen grau geworden, sicher würde er wieder liegenbleiben, bis er schwarz war.

Im philosophischen Fachblatt *Minervas Eule* hatte ich vor mehr als einem Vierteljahrhundert ein Buch, *das* Buch, Breitenbachs besprochen. Das war der Beginn unserer Bekanntschaft gewesen, die inzwischen beinahe zu so etwas wie einer Freundschaft geworden war.

Ich hatte damals Zeit gehabt, sehr viel Zeit sogar, und die anderen potenziellen Rezensenten waren angesichts dieses einschüchternd dicken Wälzers von fast tausend Seiten einer nach dem anderen abgesprungen.

Philosophie, die Mutter der Weisheit – Ihre Väter: in Einzeldarstellungen ist inzwischen zu einem Standardwerk im Genre populärwissenschaftlicher Literatur zu Fragen rund um die Philosophie geworden. Erst vorletztes Jahr hatte mir Breitenbach ein neues, druckfrisches Exemplar der japanischen Ausgabe beiläufig über den Tisch geschoben.

Hätte ich damals auch nur im Ansatz geahnt, mit welch ausdauernder Dankbarkeit Breitenbach mich seit dieser kleinen Rezension verfolgen würde, hätte ich die Akzente in diesem gerade mal vierspaltigen Beitrag sicher deutlich verschoben. Statt der »zahlreichen offenen Fragen«, die ich bemängelt hatte, hätte ich genauso gut von »produktiven Denkansätzen« schreiben können, »die zu einer weiteren, vertiefenden Darstellung ermuntern«. Und dort, wo es Breitenbachs ausschweifender, manchmal ausufernder Darstellung meines Erachtens erheblich an Konsistenz fehlte, hätte man ja, angesichts des komplexen Stoffs und des schwierigen Personals, auch positiv die »erfrischende Leichtigkeit des vom Autor gewählten essayistischen Stils« hervorheben können.

In der Tat, das war populärwissenschaftliche Hochglanzprosa. Und der Erfolg schien ... nein, er *hatte* ihm recht gegeben. Meine Rezension war übrigens eine der ganz wenigen gewesen, die in einem philosophischen Fachjournal erschienen war.

Zum Glück hatte die Redaktion wenigstens vorsorglich meine kleine Mäkelei hinsichtlich des Titels gestrichen: Ich hatte bemängelt, dass der so klingen würde, als wäre die Weisheit Tochter einer nymphomanen Mutter, die leidenschaftlich der Polyandrie huldige.

Im ersten Schreckmoment, als ich im Belegexemplar von *Minervas Eule* meine Rezension überflogen hatte und mir das aufgefallen war, war mir das natürlich überhaupt nicht recht gewesen.

»Mann«, hatte ich geknurrt, »jetzt haben die mir doch tatsächlich die Polyandrie gestrichen.«

»Die ...? Was soll das denn sein?«, hatte mich Claudia, mit der ich damals noch zusammen war, gefragt; verwundert hatte sie vom Reiseteil ihrer Illustrierten aufgeblickt.

»Das ist: Eine Frau hat mehrere Männer«, hatte ich ihr daraufhin finster erklärt, »also: *Vielmännerei*.«

»Ach, was es nicht alles gibt. Interessant, womit du dich beruflich so beschäftigst.«

Über all meine kleinen Bedenken und mittelgroßen Einwände hatte Breitenbach, was ich ihm hoch angerechnet hatte, damals generös hinweggesehen. Schon wenige Tage nach Erscheinen meiner Besprechung rief er mich an. Die Nummer muss er von *Minervas Eule* bekommen haben, genauer gesagt: von Adelheid Seidel, der Redaktionssekretärin, von der es hieß, sie wohne seit unvordenklichen Zeiten zusammen mit Mäusen in einer der Abstellkammern der Redaktion.

Überschwänglich bedankte er sich für die Besprechung und lud mich dann in sein neues, eben erst bezogenes Büro an der gerade gegründeten *Hochschule für Kulturwissenschaften* ein. Dort roch es – wahrscheinlich wegen der frischen Farbe und des neuen Fußbodenbelags – überall noch nach Neuanfang.

Breitenbach war Anfang der 90er-Jahre aus Hannover nach Berlin gekommen. All das, was er bisher in seinem Leben noch nicht hatte erreichen können, schien hier auf einmal möglich zu sein. Mit dem Schwung dieser *Gründerjahre*, wie er sie nannte, hatte er dieses Buch, an dem er in Hannover schon lange gesessen hatte, in kürzester Zeit zu Ende geschrieben – in einsamen, glücklichen Nachtschichten! Anders wäre es auch gar nicht gegangen, tagsüber war er mit Verwaltungsarbeiten beschäftigt gewesen, hatte in Gremien gesessen, Evaluierungskommissionen geleitet.

»Wissen Sie, diese durchwachten Nächte, wenn man ganz allein ist auf der Welt, der letzte Nachtwächter sozusagen – meine Frau war ja damals noch in Hannover –, das hat mich an meine Studentenzeit erinnert, in Göttingen, es war wieder so wie früher, ich war richtig beflügelt.«

Das alles hatte ich natürlich nicht gewusst, und auf einmal tat es mir leid, dass ich nicht mehr auf den Autor selbst und die Entstehungsgeschichte seines Buches eingegangen war.

Nachdem er mich zu meinem wissenschaftlichen Werdegang befragt hatte (*Werdegang ...?* Na ja, *gegangen* war es schon irgendwie, *geworden* war daraus aber nicht so viel), versuchte ich deshalb, irritiert, wahrscheinlich auch beschämt durch seine Offenheit und Freundlichkeit, die Einwände in meiner Rezension zu relativieren, sie zumindest zu erklären. Und außerdem, das war mir gerade noch rechtzeitig eingefallen: Der Platz, den mir *Minervas Eule* zugestanden habe, habe natürlich definitiv nicht ausgereicht, um ein Werk, zumal ein Werk »dieses Formats« (mit Bedacht hatte ich dieses Wort gewählt), entsprechend würdigen zu können ...

Breitenbach winkte nur belustigt ab: »Ach, lassen Sie mal, das ist doch Kleinkram alles. – Wissen Sie, mich interessiert etwas ganz anderes: ... Vaihinger! Den kennt doch außer uns beiden, schätze ich mal, kaum noch jemand. Und Sie, Sie haben seine Bedeutung so prägnant zusammengefasst, einfach brillant.«

In der Tat, das war einer der zentralen Punkte in meiner Besprechung gewesen: Außerordentlich positiv hatte ich hervorgehoben, welch exponierten Platz der noch immer unterschätzte Hans Vaihinger in Breitenbachs Buch eingenommen hatte; sogar ein eigenes Kapitel hatte der bei ihm bekommen, anstatt, wie sonst üblich, seine postume Existenz kümmerlich im Unterholz von Fußnoten fristen zu müssen.

»Späte Ehrenrettung eines Vergessenen«, so hatte denn auch eine der beiden obligatorischen Zwischenüberschriften gelautet; auf diese legte *Minervas Eule* immer ausgesprochen Wert, damit der Rezensionsteil der Zeitschrift nicht zu einer einzigen Bleiwüste verkümmerte.

»Aber verraten Sie mir doch bloß mal, Herr Lichtenau, wie um alles in der Welt sind Sie eigentlich auf Vaihinger, auf Hans Vaihinger, gekommen?«

Merkwürdig! Ich hatte ihm doch gerade gesagt, dass ich ein Jahr lang in Halle gelebt hatte ... Als hätte es nicht nur bis vor Kurzem die Ost-West-Teilung gegeben, sondern als hätte jenes historische Halle, die alte Salzstadt, in der Christian Wolff, der Mathematiker und Philosoph der Aufklärung, gelebt hatte und eben auch Hans Vaihinger, nichts mit der gleichnamigen DDR-Bezirkshauptstadt zu tun gehabt.

»Vaihinger«, wiederholte ich also noch einmal, »der war ja von 1884 bis zu seinem Tod in Halle, und ich, wie gesagt ...«

»Natürlich! Entschuldigen Sie, was für eine dumme Frage. Das haben Sie ja gerade erzählt, dass Sie ein Jahr dort studiert haben.«

»An der *ABF*.«

»*ABF*?«

»*Arbeiter-und-Bauern-Fakultät*.«

»Ach, das wusste ich nicht. – Und, darf ich Sie fragen: Waren Sie da als ... also als Arbeiter oder als Bauer?«

»Weder – noch. Das hieß nur so, *ABF*. *ABF Walter Ulbricht*, um ganz genau zu sein.«

Daraufhin nickte er, so als hätte er damit nun endlich die ganze Tragweite der Angelegenheit begriffen.

»Und Sie waren dort, um …?«

»Das war so ein Vorbereitungsjahr. Eigentlich hätte ich danach im Ausland studieren sollen, in Leningrad, also, was heute wieder St. Petersburg ist – aber … aber ich hab dann doch in Berlin studiert.«

»In Berlin«, er nickte.

Diskreterweise hakte er an dieser Stelle nicht weiter nach. Ich weiß nicht, was er vermutete: Vielleicht sogar, dass ich für ein Studium im sozialistischen Ausland zu unzuverlässig gewesen sei – keine Ahnung. Ich schwieg. Was hätte ich ihm auch sagen sollen? Die ganze Wahrheit? Nein, die wäre viel zu blamabel gewesen.

Tatsache, wirklich traurige Tatsache war: Auch nach einem ganzen Jahr intensiver Studiererei, flankiert sogar noch durch einen Extrazirkel, in dem sich regelmäßig dienstagabends bei schwarzem Tee aus einem elektrischen Samowar jene Freunde der russischen Sprache getroffen hatten, die am Anfang geschwächelt hatten, waren meine Russischkenntnisse in solch einem beschämend rudimentären Zustand verblieben, dass man im Dozentenkollegium schließlich einstimmig zu der Auffassung gekommen war, mir dringend nahezulegen, doch besser in Halle oder auch in Berlin zu studieren. Logik und Sprachphilosophie, für die ich mich interessiert hatte, gab es schließlich auch dort.

Während meine Kommilitonen also weiterhin für ihre Russischprüfung gelernt hatten, hatte ich auf dem Doppelstockbett oben (erste Etage) gelegen, im Wohnheim der *Franckeschen Stiftungen*, direkt an der Ausfallstraße nach *Hanoi*, Halle-Neustadt, und im matt hereinfallenden Licht die Bücher von Georg Klaus gelesen: zur Formalen Logik, zur Kybernetik und Spieltheorie.

»Ach, Anton«, hatte meine Russischlehrerin am Ende des Studienjahres erleichtert zu mir gesagt, »das wird schon alles. Und Sprach*philosophie*, das ist auf alle Fälle eher was für dich als ... als ausgerechnet Sprache.«

Um noch einmal meinen guten Willen zu demonstrieren, hatte ich aufgesagt, was ich vorher aufgeschrieben und auswendig gelernt hatte: »Bolschoje Spasibo, uwaschejemy utschitelniza Frau Kunzelmann, eto byl choroschaja rabota!«

Ein nervöses, beinahe elektrisches Flimmern und Zittern hatte ihr grundgütiges, tapfer lächelndes und von einem hauchzarten Haarflaum überzogenes Lehrerinnengesicht durchzuckt, hilflos hatte sie mehrmals mit vor der Brust gefalteten Händen, so als würde sie ein Ende herbeibeten wollen, versucht, *vergeblich* versucht, mich zu bremsen, dann hatte sie sich rasch abgewandt und war, ihr folkloristisch buntes Fransenumhängetuch fest um die schmalen Schultern zusammengezogen, den Kopf tief gesenkt, in Trippelschritten davongeeilt.

»Aber, ich meine, allein, dass Sie in Halle waren, erklärt ja noch nicht, warum Sie sich mit Vaihinger beschäftigt haben ... Was war noch mal das Thema Ihrer Dissertation?«

»Vaihinger, der kam bei mir erst später, erst in der Habilitation.«

»Ach! Sie haben Ihre Habilitation über Vaihinger geschrieben? Das ist ja ...!«

»Nein, überhaupt nicht. Vaihinger, das war nur der Ausblick, ganz am Ende.«

»Erzählen Sie mir davon, bitte, ich bin gespannt, wirklich, sehr gespannt«, sagte Breitenbach und lehnte sich bequem in seinem Bürosessel zurück.

Begonnen hatte es mit den Arbeiten des deutschen Mathematikers Gerhard Gentzen, speziell mit dessen bahnbrechender Schrift *Untersuchungen über das logische Schließen*, die 1934 erschienen war und in der er den Nachweis erbracht hatte, dass sich jeder rein logische Beweis auf eine bestimmte, übrigens keineswegs eindeutige, Normalform bringen ließ.

»Normalform ... Und das heißt was jetzt genau? Ich meine, was hat man davon?«, unterbrach mich Breitenbach.

»Das heißt ganz einfach, dass der Beweis keine Umwege macht. Wenn im Beweis nichts verwendet wird, was nicht im Endergebnis enthalten ist, dann ist der Beweisanfang direkt durch das Beweisziel, das heißt: durch die Bestandteile der zu beweisenden Formel, determiniert.«

Forschend, aus dem grauen Gestrüpp seiner Augenbrauen, schaute Breitenbach mich an.

»Herr Professor, vielleicht ist Ihnen das schon mal aufgefallen: Selbst allerstrengste Mathematikbücher schummeln sich bei Beweisen gerne an der alles entscheidenden

Frage vorbei, nämlich: *Was ist der nächste Schritt?* – Da liest man dann Sätze wie: *intuitiv ist klar* oder *wie man sehr leicht sehen kann*. Aber was ist schon intuitiv klar? Und: Was sieht man schon sehr leicht? Gar nichts. Wenn wir nun aber eine Normalform haben, gehen wir, anstatt blindlings, intuitiv vorwärtszutappen, einfach systematisch *rückwärts*, an die Stelle der komplizierten Synthese eines Beweises rückt gewissermaßen die Analyse der zu beweisenden Formel, ihre Zerlegung in atomare, identisch-wahre Ausdrücke der Form A=A, B=B ... bis N=N, falls wir *n* Bestandteile haben. Und wenn das restlos aufgeht, ja, dann war es das schon. Es ist keine Einbahnstraße mehr, der Verkehr fließt wegen der Umkehrbarkeit der verwendeten Beweisregeln in beide Richtungen. Es wird Sie vielleicht interessieren: Der amerikanische Chinese Hao Wang hat einen Sequenzenkalkül des maschinellen Theorembeweisens entwickelt, der genau auf dieser Idee der umgekehrten Ableitung basiert und der nach dem Prinzip der *Working Backwards Search* arbeitet und bei dem ...«

Breitenbach schnaufte schwer aus und sagte: »Mh«, er hatte seine Daumen inzwischen fest unter den Achseln eingeklemmt.

»Ein Beispiel, Herr Professor, dann wird es sofort klar. Stellen Sie sich vor, Sie stehen in einer Werkhalle, dort liegen lauter Einzelteile herum, Schrauben, Muttern, Blechteile, Schläuche, Drähte und so weiter, und Sie sollen aus denen ein Auto zusammenbauen. Selbst wenn alle Teile vollständig vorhanden sind, ist das schwierig, wenn nicht sogar unmöglich für Sie.«

»Das könnte ich nicht mal, wenn ich einen exakten Bauplan hätte!« Beide Hände hielt er nun hoch erhoben, so als würde er sich ergeben wollen.

»Sehen Sie! Und nun stellen Sie sich aber vor: Ein fahrtüchtiges Auto steht vor Ihnen, und Sie sollen es komplett in seine Einzelteile zerlegen. Sicherlich auch nicht ganz einfach, aber mit einem Schraubenzieher in der Hand und einer Flachzange und mit sehr viel Geduld ... Etwas Bestehendes auseinanderzunehmen, das ist in jedem Fall einfacher, als etwas Neues zusammenzubauen. – Wir tun so *als ob*, als hätten wir das Ergebnis schon fertig vorliegen oder vor uns stehen, ganz egal, ob die Formel nun wahr oder falsch ist, und beginnen mit der Analyse, bildlich gesprochen: mit dem Auseinanderschrauben.«

»Wir antizipieren also das Ziel ...« Er kniff die Augen zusammen. »Stimmt, Sie haben völlig recht, das ist eine ganz klassische Als-ob-Denkfigur.«

»Mir ist das auch erst richtig klar geworden, als ich mit der Arbeit schon fertig war. Auf Vaihinger habe ich dann nur noch im letzten Kapitel verwiesen. Das war sozusagen der Ausblick auf die weitere Forschung.«

»Wie war noch mal genau der Titel?«

»Zu einigen Fragen der Analyse und Synthese in Sequenzenkalkülen Gentzenschen Typs unter besonderer Berücksichtigung ...«

»Alles klar, verstehe.« Er schwieg einen Moment, dann fragte er vorsichtig: »Und wie ist das dann weitergegangen mit Ihnen?«

»Meine Habilitation habe ich 1990 verteidigt. Und 1991 ...«

»Stimmt, jetzt erinnere ich mich, da wurde Ihre Sektion ja abgewickelt. Ach, das ist wirklich jammerschade, dass Sie Ihre Forschungen nicht mehr weiterführen konnten!«

Ich widersprach ihm nicht, sagte ihm nicht, wie heilfroh ich über das Ende der DDR gewesen war – und Partei- und Staatsführung, das musste ich zugeben, war ich sogar aus tiefstem Herzen dankbar dafür gewesen, *wie* brachial sie die Karre an die Wand gefahren hatte, sodass sie bei dieser Gelegenheit auch gleich noch die ganze Mauer mit zum Einsturz gebracht hatte.

Meiner alten Sektion an der Universität hatte ich nicht lange nachgetrauert. Am Ende war es nur noch ein peinliches gegenseitiges Belauern gewesen, wer es vielleicht schaffen würde, übernommen zu werden, eine feste Stelle zu bekommen. Manche hatten sogar davon geträumt, »Beamte auf Lebenszeit« zu werden, was sich in meinen Ohren ungefähr so verlockend anhörte wie: »lebenslänglich, mit anschließender Sicherungsverwahrung«.

Es gab da aber noch etwas anderes.

Mein Versuch, ein logisches System des Als-ob zu entwickeln, analog dazu, wie man in der Aussagenlogik die Eigenschaften der Partikeln »nicht«, »wenn ..., so ...«, »und« oder »oder« oder »entweder – oder« untersucht (das hatte ich als nächsten Untersuchungsschritt im Schlusskapitel meiner Habilitation leichtsinnig angekündigt), war im Ansatz steckengeblieben; ich war damit gescheitert.

Dass ich diesen Beweis schuldig geblieben war, hatte nun aber niemandem mehr auffallen können, weil ich jetzt ja ständig mit anderem zu tun gehabt hatte, mit

Abendschulkursen und Rezensionen, manchmal sogar mit Nachhilfeunterricht, sodass an ernsthafte Forschung sowieso nicht mehr zu denken gewesen war.

Nachdem man mir die *Venia Legendi*, meine Lehrberechtigung, zuerkannt hatte, war ich immerhin »Privatdozent« geworden; zumindest in den Anfangsjahren klang das noch nach etwas, nach Freiheit und Unabhängigkeit. Eine Festanstellung als Philosoph? Das schien mir vor allem eines zu sein: eine *condratictio in adjecto*, ein Widerspruch in sich.

Breitenbach kam damals ins Schwärmen: »Mein Gott, Herr Lichtenau, wenn wir uns das mal vorstellen: Jahrzehntelang ist unser guter Vaihinger nichts weiter als ein braver, ein von vielen belächelter, absolut kurzsichtiger Kant-Herausgeber gewesen, ein Adept – und dann, dann haut der auf einmal dieses Ding, dieses *Als-ob*, raus und bringt sich damit fast um seinen guten, seriösen Ruf. Sie wissen sicher: in kürzester Zeit elf Auflagen. Schon beispielhaft! Irgendwie beneidenswert, oder?«

Rasch stand er auf, trat an sein Bücherregal und legte stumm einen seiner größten Schätze auf den Schreibtisch, ein Exemplar der englischen Ausgabe: *The Philosophy of ›As if‹, New York, 1924.*

Breitenbachs neugegründeter Fachbereich war damals vollbesetzt, gerade war Dr. Caspary aus Braunschweig dazugestoßen, aber Breitenbach konnte mir in den folgenden Jahren immerhin regelmäßig Gastprofessuren anbieten.

Seitdem gab es die stillschweigende Übereinkunft zwischen uns, dass ich, wenn ich Breitenbach zu vertreten hatte, sei es, weil er im Auslandsjahr war oder ein Sabbatical hatte, am Ende meiner Vorlesungen einen besonderen Akzent auf Vaihinger setzen sollte.

Als ich in den Ahornweg eingebogen war, die Nr. 17 erreicht hatte und vor der kleinen hölzernen Gartenpforte seines Einfamilienhauses stand, versuchte ich, mir den Schnee von den nassen Halbstiefeln zu klopfen. Ich fragte mich, was Breitenbach diesmal von mir wollte, und drückte den Klingelknopf. Hochaufgerichtet stand Breitenbach in der offenen Tür.

»Gut sehen Sie aus, Herr Professor!«, entfuhr es mir spontan, als ich ihn da so stehen sah; kräftig schüttelte ich ihm die Hand, er stöhnte leise auf – vorsichtig zog er seine Hand aus meiner zurück.

»Entschuldigen Sie bitte, Anton, ich erkläre Ihnen das gleich«, sagte er mit gedämpfter Stimme und bat mich herein. Nachdem ich meinen Mantel an der Garderobe aufgehängt hatte, begaben wir uns in sein Arbeitszimmer; er ging voran.

Was heißt *ging*? Er war stocksteif, hielt sich unnatürlich gerade. Lautlos glitt er, wie von unsichtbaren Mächten geschoben, auf Filzpantoffeln über die Felder des Eichenholzparketts. Mit seinem weißen Haarkranz erinnerte er an einen Schachkönig, der, nachdem das Spiel schon längst aus war, einfach auf dem Spielbrett vergessen worden war.

Frau Breitenbach erschien kurz im Hintergrund, dann brachte sie aus der Küche eine filigrane Glaskanne mit Pfefferminztee. »Sie bleiben doch nicht zu lange, Herr

Lichtenau, nicht wahr?«, raunte sie mir zu, bevor sie wieder verschwand.

Im Arbeitszimmer, das sich im hinteren Teil des Hauses befand, bot Breitenbach mir einen Stuhl an. Und er selbst ... Es dauerte ewig, bis er endlich – äußerst umständlich und fast in Zeitlupe – eine für ihn einigermaßen erträgliche Sitzposition in seinem Ledersessel gefunden hatte. Er atmete schwer aus, als er endlich saß.

»Weswegen ich Sie hergebeten habe – Sie sehen ja selbst: Ich muss zur OP, dringend. Termin habe ich schon.«

»Wieder der Rücken?«, fragte ich.

Er nickte. »Anders geht es nicht. Sonst verbringe ich meinen Ruhestand noch im Rollstuhl. Ich habe schon mit Möllendorf gesprochen: Anton, Sie sind der Einzige, der uns eingefallen ist, also, der da aus dem Stand einspringen könnte. – Ginge das? Sie wissen ja, der Studienplan. Sonst ...«

Stimmt, da die Philosophievorlesung über zwei Semester lief, würden die Studierenden, die im Herbstsemester damit begonnen hatten, ohne Abschluss bleiben, wenn Breitenbach im Frühjahr ersatzlos ausfiel.

»Kein Problem«, sagte ich.

Erleichtert lehnte er sich zurück.

»Danke, Anton. – Tut mir leid, wenn ich damit Ihre Planungen durcheinanderbringe. Aber wenn Sie jetzt tatsächlich so kurzfristig einspringen, dann hätte das mit Ihrem Buch auch noch etwas Zeit. Meine Schriftenreihe beim Verlag, die behalte ich ja.« Er schaute mich fragend an: »Vorhin am Telefon, da klang das ja nicht so, aber ...

Haben Sie denn wenigstens schon einen Titel für Ihr Buch, also etwas, womit ich ein bisschen hausieren gehen kann?«

»Nicht wirklich.«

Breitenbach schloss die Augen, leise stöhnend legte er den Kopf in den Nacken, lange schwieg er. Ich wollte schon erklären, wieso ich noch nicht weiter ...

»Toller Titel, Anton, wirklich. Eine bessere zeitgenössische Übersetzung von *als ob* gibt es ja gar nicht. – *Nicht wirklich*«, wiederholte er noch einmal gedankenverloren.

Ich zuckte die Schultern – und meinen bisherigen Arbeitstitel versah ich in Gedanken mit einem heftig geschwungenen Fragezeichen.

»Sehr gut. Ich hatte nämlich schon befürchtet, Sie würden mir wieder mit *Zu einigen Aspekten ... unter besonderer Berücksichtigung ...* und so weiter kommen.«

»Ach was.« Ebenfalls wieder in Gedanken, strich ich nun auch das *Zu einigen Aspekten* aus der vorläufigen Überschrift, die auf der Mappe mit den Entwürfen stand.

»Nein, Anton, diesmal sollte es schon allgemeiner, grundsätzlicher sein. Und, wie gesagt, mit speziellem Akzent auf Probleme der Kulturtheorie, sonst ... Selbst wenn Sie sich dafür ein bisschen verbiegen müssen. Danach können Sie ja gerne wieder ernsthaft arbeiten.«

Liebend gern hätte ich mich verbogen, natürlich, sofort – aber wenn der Fachbereich Kulturtheorie, das Herzstück der Hochschule, neuerdings für sich mit dem Slogan *Kultur ist alles* warb, dann hatte ich absolut keine Ahnung, wohin genau ich mich da eigentlich hätte verbiegen müssen.

»Jedenfalls«, sagte ich, um Breitenbach zu zeigen, dass mein Buchprojekt mehr war als nur ein Projekt, »es wird voraussichtlich drei Kapitel haben.«

Breitenbach nickte zufrieden: »Jedes vernünftige Buch, das etwas auf sich hält, sollte aus drei Teilen bestehen, zumindest in unserem Kulturkreis. Denken Sie an die Heilige Dreifaltigkeit, Vater, Sohn, Heiliger Geist. Oder auch an Hegels Triade. Selbst, ganz simples Beispiel, in unseren Märchen tritt oft ein Trio von Brüdern auf. Die beiden großen sind dumm und faul, der älteste schon deshalb, weil er ja sowieso mal alles erben wird. Der mittlere, der ist unentschieden. Der jüngste aber, klein und gewitzt, der wird sich am Ende durchsetzen. Die Nr. 3, lieber Anton, ist immer die entscheidende ... Ganz im Gegensatz übrigens zum dualen System in Asien, in China, Yin und Yang. – Aber«, er blickte kurz auf, »wem sage ich das.«

»Im Moment, das gehört sicher in den zentralen Teil, beschäftige ich mich übrigens noch einmal sehr ausführlich mit Stegmüllers Arbeit zu den irrealen Konditionalsätzen.«

Bekümmert betrachtete Breitenbach seine Fingerspitzen. »Werden Sie nur ja nicht wieder zu speziell, Anton. Meinen Sie, das interessiert jemanden?«

»Eigentlich sollte es das.«

Und dann legte ich ihm dar, dass die Analyse von Sätzen des Typs *Wenn Otto gestern gekommen wäre, hätte ich ihm das Foto zeigen können* zum Verständnis fiktiver Zusammenhänge absolut unverzichtbar war: Da besagter Otto ja de facto *nicht* gekommen war, stellte sein gestriges Erscheinen eine reine Fiktion dar, wodurch auch das Zeigen des Fotos in einem nur vorgestellten, fiktiven Weltzustand stattfand, der so niemals eingetreten war. Mehr noch, da Otto gestern nicht nur einfach nicht gekommen war, sondern es ihm sogar völlig *unmöglich* gewesen war, zu kommen, da er – leider – plötzlich und unerwartet verstorben war ...

»Ach, Sie immer wieder mit Ihrem Otto ...«

»Gerne auch ein anderer Name.«

»Na schön.« Breitenbach beugte sich nach vorn. »Wichtig ist, dass Sie unseren Fachbereich bei der Frühjahrskonferenz würdig vertreten, da geht es diesmal dezidiert um die Zukunft der Hochschule. Von dieser Konferenz hängt also einiges für unseren Bereich ab. Nicht viel, Anton, sondern – vielleicht sogar alles. Sie wissen ja, manche in der Hochschule halten unsere schöne Philosophie für ein Orchideenfach.«

»Ich weiß.«

Daran jedoch war er, wie ich fand, selbst nicht ganz unschuldig. Mehrfach hatte ich gehört, wie Breitenbach von seinem Fachbereich als einem »Gemischtwarenladen« gesprochen hatte; möglicherweise sollte das eine gewisse Bescheidenheit demonstrieren, oder er wollte damit dem Einwand zuvorzukommen, dass er die Philosophiegeschichte vor allem unter dem Aspekt betrachtete, welche philosophischen Strömungen und Schulen ihn persönlich besonders interessierten. Vielleicht hatte er auch insgeheim darauf gehofft, dass man ihm da ernsthaft widersprechen würde. Das war aber immer seltener geworden. In den letzten Jahren war er langsam ins Abseits geraten. Er schien es nicht zu merken, oder er ließ es sich einfach nicht anmerken.

»Sind wir wieder in der 22?«, wollte ich von ihm wissen.

»Nein, dort wird gerade umgebaut. Zurzeit wird ja überall in der Hochschule umgebaut. Ich musste schon letztes Semester dauernd umziehen. Ach, diese ewige Umzieherei! War für meinen Rücken bestimmt auch nicht ideal ... Anton, wissen Sie, manchmal denke ich, das ist ein Menetekel, und man will uns damit dezent zu verstehen geben will, dass die Philosophie keinen festen Platz mehr an der Hochschule hat. Insofern umso wichtiger: Frühjahrskonferenz! Also, ich hoffe, Sie halten da die Stellung.«

Ich nickte.

»Ach so, und was eine *Stelle* betrifft ... Ich habe mit Möllendorf darüber gesprochen. Juniorprofessur, da waren wir uns beide einig, das kommt bei Ihnen ja wohl eher nicht mehr infrage, oder?«

Grinsend erwiderte ich sein mattes Lächeln, ich zuckte bedauernd die Schultern: »Tja ...«

»Darf ich Sie fragen, Anton: Wie lange haben Sie eigentlich noch bis zur Rente?«

Als ich ihm die entsprechende Zahl im mittleren einstelligen Bereich nannte, war ich selbst erstaunt, fast erschrocken.

»Lassen Sie mal, gar nicht so schlecht«, sagte Breitenbach, er schaute dabei aus dem Fenster in den weiß gepuderten Garten hinaus.

Dann wandte er sich wieder mir zu. »Also schön, die ganze Sache jetzt mal andersherum betrachtet: Wenn wir schon nicht mehr mit Ihrer Jugendlichkeit punkten können, dann wären Sie ja, allein durch Ihr ... nun ja, sagen wir es offen: etwas fortgeschrittenes Alter, für die Hochschule ein wirklich überschaubarer Kostenfaktor. Und das wäre, was unseren Fachbereich betrifft, zumindest erst mal eine Übergangslösung, ein Aufschub, bis ...«

Wir schwiegen.

»Ist es eigentlich wieder eine Vormittagsveranstaltung?«, fragte ich in die Stille hinein, die, ohne vorher angeklopft zu haben, nun eingetreten war und begonnen hatte, sich in Breitenbachs Arbeitszimmer breitzumachen.

»Nein, nein. Kann übrigens durchaus sein, dass es diesmal bei Ihnen eine Abendveranstaltung wird. Da müsste ich jet...« Er wollte in seinem Kalender nachschauen, der auf dem Teewagen lag – eine unvorsichtige Bewegung, im nächsten Moment erstarrte er.

Ehrfürchtig lehnte er sich Zentimeter für Zentimeter wieder zurück.

»Ich glaube, ich sollte mich jetzt wieder hinlegen. Danke aber, dass Sie so schnell gekommen sind. Sie sind ja schon mal für mich eingesprungen, als ich Rücken hatte. Erinnern Sie sich noch, Hanoi?«

Natürlich, ich erinnerte mich daran. Wenn auch nur ungern. Das war im Dezember 2012 gewesen. Breitenbach hatte mich gebeten, ihn bei einer Tagung der Vietnamesischen Akademie für Sozialwissenschaften zu vertreten. Er hatte damals gerade – und gerade so – seinen ersten Bandscheibenvorfall überstanden, eine Grenzerfahrung.

»Jetzt erst ahne, nein: ich *spüre* es, was Heidegger mit seinem ›Geworfensein‹ gemeint haben könnte«, verkündete er mit schwacher Prophetenstimme aus der Tiefe des Ledersessels, als ich die Tagungsunterlagen bei ihm zu Hause abholte. Zurückgesunken, war er, bis auf die hervorragende Nase, unsichtbar geblieben, es war gespenstisch, so als hätte sein reiner Geist zu mir gesprochen.

Caspary, damals noch sein Mitarbeiter, der zuerst gefragt worden war, hatte, Aufwand und Nutzen der Sache abwägend (Fernreise? Kurz vor Weihnachten??), abgesagt, so war ich als Externer zum Zuge gekommen.

Das Hotel, in dem ich untergebracht war, befand sich – so hatte es im Prospekt gestanden – *... mitten im lebendig pulsierenden Zentrum Hanois*, was übersetzt nichts anderes hieß als: Der klobige Betonblock stand direkt an der wahrscheinlich am meisten befahrenen, abgefahrensten Straßenkreuzung dieser rund um die Uhr wuseligen Stadt. Von meinem Fenster aus im fünften Stock hatte ich den absoluten Überblick. Regelmäßig, in Intervallen von vielleicht fünfzehn bis zwanzig Sekunden, begann es unten irrsinnig zu hupen: einerseits wohl Zeichen purer Lebensfreude, andererseits bedeutete es, dass nun eine der Richtungen Grün hatte.

Mich interessierten weniger die wenigen Autos als vielmehr die zahllosen Fahrräder, die unterwegs waren, Lastenräder ja eigentlich, Transportmittel für ganze Familien: schmächtige Fahrer, einige noch mit den traditionellen geflochtenen Kegelhüten auf dem Kopf, die ihre wackeligen Räder (manchmal waren es auch zusammengeschweißte Dreiradgefährte) sicher durch den Verkehr steuerten, zierliche Mütter, mit Kleinkind im Arm, Handy am Ohr, die schräg auf den Gepäckträgern saßen; Süßkartoffelsäcke und Körbe voller Gemüse wurden ebenso transportiert wie Hausrat, der an Bambusstangen befestigt war und beim Fahren laut schepperte oder klirrte; sogar Käfige sah ich, in denen (lebende) Hühner gefasst ihrer letzten Bestimmung, dem Suppentopf, entgegenfuhren.

Es war unglaublich – aber es blieb den Fahrradfahrern in Hanois Straßen gar nichts anderes übrig, als sich umsichtig und rücksichtsvoll zu bewegen und immer wieder auch auszuweichen, sonst hätte dieses ganze hochkomplexe System nie funktioniert.

Ich erinnere mich zwar nicht mehr genau an den Titel der Tagung, aber mehr oder weniger ging es darum, ob die Philosophie des Wiener Kreises (Schlick, Carnap & Co.) auch heute noch aktuell sei. Ganz genau aber erinnere ich mich daran, dass die vietnamesischen Kollegen im Unterschied zu mir – ich war ja auch erst im allerletzten Moment eingesprungen – exzellent, erschreckend exzellent, vorbereitet waren.

Staunend folgte ich ihren detaillierten Ausführungen. Unruhig rutschte ich auf meinem Ehrenplatz hin und her und wartete mit Bangen darauf, dass ich endlich mit meinem Vortrag an der Reihe sein würde; ich konnte es kaum erwarten, es war, als stünde ich unmittelbar vor meiner Hinrichtung, ich wollte es nur schnell hinter mich bringen, Schlinge zu, danach wäre alles vorbei, kurz und schmerzlos.

Die Arbeiten des späten Wittgenstein – eine Revision des Logischen Traktates?, das war das Thema meines Vortrages, und eigentlich war das ein »Heimspiel«. Wo man sich aber zu sicher fühlte, war die Gefahr am größten; wenn scheinbar nichts passieren konnte, passierte es. Sicher, eine Binsenwahrheit, und trotzdem stimmte sie.

Ich hatte es einfach nicht vermocht, meine Überlegungen in eine für das zu erwartende Publikum schlüssige Form zu bringen. Nicht einmal Thesen hatte ich formuliert, über die man, meinetwegen auch kontrovers, hätte diskutieren können. Nichts. Den Vortragstext selbst hatte ich erst im Flugzeug fertiggestellt, beziehungsweise ich war gar nicht richtig damit fertig geworden, im Grunde waren es nur lose miteinander verknüpfte Stichpunkte, die ich dann im großen Saal der Akademie vom Blatt ablas.

Nachdem ich geendet hatte, wurde es still im Saal: bedrohlich still, wie ich fand.

Eilig raffte ich meine Papiere zusammen, ich wollte nur eines: weg, verschwinden, sofort.

Da vernahm ich ein einzelnes, zwar zaghaftes, aber unbeirrtes Klatschen, nach und nach pflanzte es sich durch die Stuhlreihen des Festsaales fort, vermehrte und verstärkte sich unerklärlicherweise, am Ende schwoll es an zu einem donnernden Applaus, wie ich ihn so noch nie zuvor erlebt hatte.

Ein uralter Professor aus der ersten Reihe mit einer noch viel älteren Kamera in den zitterigen Händen war schwankend aufgestanden und fotografierte mich, sodass der Saal nun auch grell vom Blitzlicht illuminiert wurde.

Er müsse sich sehr bei mir entschuldigen, sagte mir nachher beim Essen mein Dolmetscher: Seine Kollegen hätten einen Moment lang gebraucht, um zu verstehen, dass das Fragmentarische, ja auf den ersten Blick beinahe Unzusammenhängende meiner Ausführungen eine »tiefe Verbeugung« vor Wittgensteins großem Genius gewesen sei, speziell: vor dem aphoristischen Denkstil seines Traktates, seinen genialen Gedankensplittern. Alle seien zutiefst beeindruckt davon gewesen, wie Wittgensteins Geist in meinem Vortrag wieder zu neuem Leben erweckt worden sei, es sei wahrhaft eine Lehrstunde »westlicher Philosophie« gewesen.

Ich sah ihn ungläubig an, er lächelte undurchsichtig.

Auch im asiatischen Denken, sagte er versonnen, gebe es eine Vorliebe für die Verkürzung, für das Paradox. »Sie müssen unbedingt«, raunte er mir noch zu, »von diesem Fischöl hier probieren«, er stellte ein schmales, klebriges Fläschchen neben meine dampfende Pho-Schale, verneigte sich und wandte sich wieder der kanadischen Kollegin aus Quebec zu, mit der er Französisch sprach.

Ein paar Jahre später wurde Breitenbach Ehrendoktor der Universität Hanoi. Ich glaube, er ging tatsächlich davon aus, dass er das mir zu verdanken hatte, dass ich in Fernost den Boden dafür bereitet hätte.

Als er von der Verleihung der Ehrendoktorwürde aus Hanoi zurückkam, brachte er mir eine Überraschung mit, ein Exemplar des Jahrbuchs der Akademie.

Caspary, der gerade wegen einer Lehrplanbesprechung bei Breitenbach im Büro saß, hörte staunend, wie der vom außerordentlichen internationalen Erfolg meiner Arbeit berichtete, von meiner großen wissenschaftlichen Reputation im fernen Asien (sicher bereute er es, dass er nicht selbst hingeflogen war). Dann schlug er das Jahrbuch dort auf, wo Breitenbach ein seidenes Lesezeichen – mit grünem Drachenmuster – platziert hatte. Lange betrachtete er die Doppelseite, wortlos reichte er mir das rot eingebundene Buch.

Rechts: ein ganzseitiges Foto. Am Rednerpult, das mit unzähligen Blumen geschmückt war (die ich damals gar nicht wahrgenommen hatte), stand ich. Hinter mir lächelte aus einem Goldrahmen ein hoher kommunistischer Funktionär über meine Schulter ins Bild.

In dieser Kombination – 1. üppiger Blumenschmuck, 2. eingerahmter Parteifunktionär, 3. unendlich trauriger Blick des Mannes hinter dem Pult – sah es so aus, als wäre ich Trauerredner bei einem Staatsbegräbnis gewesen.

Später versuchte ich, das Ganze zu vergessen; das Jahrbuch hatte ich irgendwann unauffällig in einem der unübersichtlichen Büroschränke Breitenbachs verschwinden lassen.

Jetzt aber beeilte ich mich, nach Hause zu kommen, um Isabell die gute Nachricht, ach was: *die frohe Botschaft*!, zu überbringen. Ich sah ihr freudig überraschtes Gesicht schon vor mir.

ISABELL STARRTE
AUS DEM FENSTER,
in der Rechten hielt sie – und zwar mit deutlichem Abstand zum Kopf – den Telefonhörer.

Als ich in ihr Zimmer trat, lächelte sie mir gequält über die Schulter zu. Ich tippte die Zeigefingerspitze an mein Ohr, mit der gekrümmten Hand erweiterte ich es dann zu einer Art Hörmuschel. Isabell stellte auf laut, und so bekam nun auch ich brandaktuelle Informationen über die gegenwärtige Situation in der Bergklinik St. Sölden; es war der obligatorische *Kurz-nach-Mittag*-Anruf Sommers, an den wir uns inzwischen gewöhnt hatten.

Zur Feier des Tages wollte ich Isabell dabei ein bisschen Gesellschaft leisten. Aus der Küche holte ich mir ein Glas Wasser und setzte mich still in ihren Lesesessel; ich faltete die Hände vor dem Bauch und schloss die Augen.

Was bisher passierte, ließ sich in etwa folgendermaßen zusammenfassen: Dr. Mai, Chefarzt der Bergklinik St. Sölden, verheiratet mit der steinreichen, aber kaltherzigen Magda v. Elmstetten, einer Fabrikantentochter, die nach einem Reitunfall seit frühester Jugend an den Rollstuhl gefesselt ist und deren gesamtes Vermögen in der privaten Bergklinik vor malerischer Alpenkulisse steckt, ist, wie so oft, in großen Schwierigkeiten.

Auslöser diesmal ist Cathleen, ein »bildhübscher blonder Wirbelwind« von Krankenschwester, der ein paar Monate zuvor in St. Sölden angefangen hat.

Cathleen hat lauter verrückte Einfälle. Oft pflückt sie zum Beispiel auf ihrem Weg vom Schwesternheim zur Arbeit Blumen und stellt sie dem Chefarzt auf den Schreibtisch, weil der, wie sie findet, immer so bekümmert »ausschaut«. Ihr strahlendes »lausbübisches Lächeln« ist ansteckend, es vertreibt Dr. Mai jeden Morgen alle Sorgen. Darüber vergisst er aber auch, weiter an der Geheimformel zu forschen, die Magda v. Elmstetten eines Tages aus ihrem Rollstuhl befreien soll.

Nachdem er erfährt, dass die »kesse« junge Krankenschwester von ihm schwanger ist (... wie das genau passiert war, das hatte ich nicht mitbekommen, wahrscheinlich in der Folge, als Cathleen zum Nachtdienst eingeteilt war, ihr Sudokuheft aber leider im Heim unter dem Kopfkissen vergessen hatte), offenbart sich Dr. Mai, dessen Ehe mit Magda v. Elmstetten übrigens kinderlos geblieben ist und nur auf dem Papier besteht, seiner mütterlichen Vertrauten Oberschwester Ingrid, die ihn schon lange insgeheim anbetet. Sie hört ihm geduldig zu, kocht Kaffee und rät ihm schließlich, und dies sicher nicht ganz ohne einen Hintergedanken, *nur auf sein Herz* zu hören.

Dieses Gespräch wiederum hört »zufällig« Dr. Bedoni mit, ein intriganter Anästhesist, der Frau v. Elmstetten regelmäßig illegal mit Morphium aus der Klinik versorgt. Magda v. Elmstetten bekommt über Bedoni bei der nächsten heimlichen Ampullenübergabe (»Mon-Chéri«-Kiste mit doppeltem Boden) also Wind von der Sache.

Als Alleineigentümerin der Bergklinik verlangt sie am nächsten Abend, nachdem die Eheleute, die sich schon längst nichts mehr zu sagen haben, bleiern schweigend im eisigen Salon am flackernden Elektrokamin gesessen haben, von Dr. Mai ultimativ eine Entscheidung: Entweder entlässt er die fachlich übrigens hochqualifizierte, mit allerbesten Zeugnissen ausgestattete und von Patienten wie Mitarbeitern gleichermaßen geschätzte und – nicht nur von Dr. Mai! – *geliebte* Cathleen unter dem Vorwand eines angeblich schweren Behandlungsfehlers unverzüglich, oder aber ...

»Niemals«, ruft Dr. Mai, »das wäre ja eine dreiste Lüge!«, und verlässt auf der Stelle entrüstet das Kaminzimmer.

»Lüge?« Sie lacht ihm schallend hinterher. »Und das, Vincent, das sagst ausgerechnet du – mir!«

Ein Sherryglas geht klirrend auf den kalten Marmorfliesen zu Bruch, wenig später rieseln die Schnipsel eines Schweigegeldschecks, den Magda v. Elmstetten für »dieses durchtriebene Früchtchen« ausgestellt hat, zu Boden.

Soweit also der Stand der Dinge, zumindest beim letzten Mal.

Das Titelbild dieser Ausgabe des Arztromanhefts *Bergklinik St. Sölden* zeigte rechts hinten, im Schatten ihrer großen Villa, Magda v. Elmstetten, die unter einer Trauerweide im Rollstuhl saß, in der Hand ein Sherryglas. Links vorn eine große Wiese: Inmitten des bunten Blumenmeeres war dort unter der strahlenden Sonne eine strahlende Cathleen zu erkennen.

Das Schöngeistige dieser Geschichte einmal beiseitegenommen – das fiel ja dann wohl doch eher in Isabells

Ressort –, beschränkte ich mich nun, die Augen halb geschlossen, ganz auf deren geistigen Gehalt (und der musste nicht unbedingt zu allem Überfluss auch noch schön sein). Nach meinem Gespräch mit Breitenbach war ich bereits wieder im Vorbereitungsmodus und in Gedanken schon ein großes Stück voraus: bei meinem nächsten Vorlesungszyklus an der Hochschule. Mir war eingefallen, dass man an einem Beispiel wie diesem ja bequem den Unterschied von »fiktiv« und »fiktional«, zwei Begriffen, die von den Studierenden gerne verwechselt wurden, veranschaulichen könnte.

Während es sich also bei Dr. Mai & Co. um fiktive Figuren handelte, waren die *Bergklinik St. Sölden*-Arztromane selbst ein fiktionales Werk, das hieß: Im Gegensatz zum fiktiven »Dr. Mai«, der als Sommers Hirngespinst ausschließlich in der Bergwelt des Romans, aber nicht real existierte, gab es die Arztromanhefte ja wirklich, sogar in extrem hoher Stückzahl, einige Zigtausend dieser pappigen Bände klemmten zuverlässig alle vierzehn Tage bunt und billig in den Drehständern vor den Kassen der Supermärkte. – Ich merkte mir das also vor, würde dann aber natürlich statt der *Bergklinik* ein anderes Beispiel auswählen, den *Zauberberg* vielleicht.

Heute ging es, soweit ich das mitbekommen hatte, um das ausufernde Personal, das, trotz der zahlreichen ungeklärten Todesfälle, die Sommer in den letzten Heften eingebaut hatte, Isabell zunehmend Sorgen bereitete, weil es selbst für gutwillige Leser zu unübersichtlich geworden war; sie war gerade dabei, auszulichten und ein wenig Ordnung in Sommers Romanwelt zu schaffen.

Isabell: »Der doppelte Leistenbruch aus Zi. 36, der ist doch meines Wissens schon lange als geheilt entlassen worden. Und nun liegt er drei Hefte später wieder bei Ihnen herum, nörgelt und belästigt wie gehabt Hilfsschwester Chantal, die ...«

Sommer: »Naja, vielleicht hatte er ja einen Rückfall. Kann doch durchaus sein, oder?«

Isabell: »Ich weiß gar nicht, ob es das überhaupt gibt bei einem Leistenbruch: einen Rückfall? Na egal. Aber dass er dann ausgerechnet wieder in der Nr. 36 liegt, nein, Herr Sommer, das halte ich doch für sehr, sehr unwahrscheinlich. Überhaupt, wir ... *Sie* sollten das Personal etwas reduzieren. Bei meiner letzten Zählung bin ich auf achtundfünfzig Personen gekommen, das ist definitiv zu viel.«

Sommer: »So viel?!« Es war nicht zu überhören, wie stolz er angesichts dieser hohen Zahl war.

Isabell: »Ja. Kein Wunder, dass Sie da dauernd durcheinanderkommen. Sie sollten das alles mal konsequent abspecken, sonst tauchen da immer wieder Zombies auf.«

Sommer: »... Zombies?«

Isabell: »Na wie der Herr Kupetzke heute Vormittag.«

Sommer: »Okay, okay.« (Knisternde Stille, die wahrscheinlich angestrengtes Nachdenken bedeutete.) – »Wie wäre es dann zum Beispiel mit, na, sagen wir mal ... Lawinenabgang?«

Isabell: »Herr Sommer! Das ist ein Arztroman! Da gibt es so viele Möglichkeiten: Versetzung an eine andere Klinik, Ruhestand, auch Vorruhestand meinetwegen.«

Sommer: »Hm ...«

Isabell: »Sie müssten die einzelnen Folgen endlich mal in ein Gesamtdokument exportieren. Darüber hatten wir doch, glaube ich, schon gesprochen. Da kann es dann auch nicht mehr passieren, dass Oberschwester Ingrid ihren hochverehrten Chef mal aus blauen, mal aus grauen, dann aber, der Abwechslung halber, auch mal aus *grünen* Augen anhimmelt. – Die tränennassen braunen Augen neulich, die konnte ich ja gerade noch so, im allerletzten Moment, Sie erinnern sich, verhindern?«

Sommer: »Hm ...«

Isabell: »Wir haben da eine Leserin in Schwerin, die regelmäßig an den Verlag schreibt und uns penibel auf solche Unstimmigkeiten hinweist, speziell ...«

Sommer: »Ach, Leserbriefe! Und warum weiß ich davon nichts? Warum bekomme ich die nie zu lesen?«

Isabell: »Ähm ... um Sie zu schützen.« (Letzteres hatte sie so leise geflüstert, dass es Sommer wahrscheinlich gar nicht gehört hatte.)

Sommer: »Hm-hm!«

In der Tat, Isabell hatte mir mal von dieser Leserbriefschreiberin erzählt, einer Rentnerin, die ein Doppelleben zu führen schien. Laut Adresse wohnte sie ganz normal und unscheinbar im Schweriner Neubauviertel Großer Dreesch, höchstwahrscheinlich also in einem Plattenbau. Andererseits jedoch hatte sie sich fast häuslich in der Bergklinik St. Sölden eingerichtet, sie kannte sich blind dort aus, war, was Zimmerbelegungen, Dienstpläne, Wäschewechsel und so weiter betraf, immer auf dem Laufenden; sie wusste sogar, was es laut Wochenspeiseplan jeweils zum Mittag gab.

Für Sommer waren das alles unwichtige Kleinigkeiten, Erbsenzählerei. Dass man auch – und gerade! – in einer fiktiven Welt sorgfältig arbeiten musste, das interessierte ihn offenbar überhaupt nicht.

Isabell hatte mir mal eine simple Erklärung dafür genannt: »Für ihn sind diese Arztromane nur ein lästiger Brotberuf, eine Überbrückung, bis er endlich seinen zweiten Roman fertig hat. Wenn er die Figuren benutzt hat, vergisst er sie. Er liebt sie nicht, das ist das Problem. Dafür lässt ihm seine Eigenliebe ja auch gar keinen Platz – so leidenschaftlich, so unsterblich, wie der in sich selbst verknallt ist.«

Jede schreibende Hausfrau, die *mit Herzblut* schrieb, hätte das alles sicher viel besser gekonnt als Ronny Sommer, der stattdessen ganz normale HP-Druckerpatronen (schwarz) benutzte, trotzdem, Frau de Bruyère, die Chefin des *elfenbeinturm*-Verlags, hielt unerschütterlich an ihm fest, aus Prestigegründen, meinte Isabell: Die Chefin legte Wert darauf, auch einen »richtigen« Autor in ihrem Programm zu haben.

Tatsächlich, vor Jahren hatte Sommer in einem seriösen Verlag einen Roman veröffentlicht. Und da Isabell ebenfalls einmal bei einem seriösen Verlag als Lektorin angestellt war, war das Los – war Sommer – unweigerlich auf sie gefallen. Der (oder das) war nun also ihr Los.

Und zum Frühstück Asbest, unter diesem Titel hatte Ronny Sommer seinen fast achthundertseitigen Erstling herausgebracht – ich fand, gerade in seinem Fall war das Wort »herausgebracht« besonders zutreffend. Auf der Verlagsseite im Internet wurde mit einer Rezension für das Buch geworben, in der es hieß: »ein gnadenloser Sprachzertrümmerer Arno Schmidt'schen Formats«. Offen gesagt, ich hatte keine Ahnung, was damit gemeint sein sollte.

Wovon dieser *Asbest*-Roman handelte, das hatte ich beim besten Willen nicht herausfinden können. Es war, so viel zumindest war dem Klappentext zu entnehmen, die »aufwühlende« Ich-Erzählung eines durch widrige Umstände immer wieder verhinderten Serienkillers.

In der Annahme, alle Welt kenne Ronny Sommer, veröffentlichte er die Arztromane zwar unter einem Pseudonym, aber das war unschwer zu entschlüsseln: Ron Winter.

Ich wusste nicht, wie Isabell das alles aushielt.

Lautlos erhob ich mich und ging nach draußen. Isabell stellte das Telefon auf leise; nun war sie wieder mit Sommer allein.

Und zum Frühstück Asbest stand unübersehbar und Achtung gebietend als Klotz im Flurregal. Aus Hygiene- und Arbeitsschutzgründen, nahm ich an, wollte Isabell den nicht in ihrem Zimmer haben und hatte den eines Tages auf dem Weg in die Küche mit der eisigen Bemerkung »Und zum Frühstück ...? Na ja, *es muss nicht immer Kaviar sein*« in den dunklen Flur verbannt. Trotzdem, es war unumgänglich, diesen Wälzer stets griffbereit zu haben. Manchmal war Sommer am Telefon ungehalten, um die Wogen seines periodisch aufbrausenden Gemüts zu glätten, war es dann wichtig, schnell ein sedatives Zitat aus dem *Asbest*-Roman zur Hand zu haben.

Ich zog die Schwarte heraus und blätterte ziellos darin herum.

»Oh, störe ich? Du bist jetzt bei der Hochliteratur gelandet?«

Ich hatte Isabell gar nicht kommen hören, grinsend schob ich den Band wieder zurück. »Na – und, was macht dein Serienmörder?«

»Was soll der schon machen: Er mordet, die ganze Serie ... Ach Mensch, und ich muss das dann bei der de Bruyère alles ausbaden. Egal, wenigstens habe ich durchgesetzt, dass Dr. Mai heute ausnahmsweise mal wieder zu Hause schläft. Zwar bloß im Gästezimmer, aber immerhin, ein Anfang. Sonst wäre das alles ja gar nicht weitergegangen.«

»Sag mal, Isabell, kann es nicht sein, dass dein Sommer ...«

»Bitte: nicht *mein* Sommer, ja!«

»Ja, also dass der Sommer vielleicht ein ganz klein wenig ... schizophren ist?«

»Warum? Wie kommst du darauf?«

»Na, diese Arztromane von Ron Winter und dann hier das Buch von ... Ronny Sommer.«

»Hast du das etwa gelesen?«, fragte Isabell mich skeptisch.

Ich schüttelte den Kopf.

»Musst du auch nicht.«

»Immerhin, er gilt ja als der große Sprachzertrümmerer ...«

»Ah, ich sehe, du bist bestens informiert. – Aber ich glaube, sein Hauptwerk, also was die Sprachzertrümmerung betrifft, ist nicht das hier, nein, das sind seine Arztromane. Er weiß es bloß nicht. Und ich werde mich auch hüten, ihm das jemals zu sagen.«

Mit einem spöttischen Lächeln sah Isabell mich an.

»Legasthenie – meinetwegen, das unterschreibe ich sofort. Aber von Schizophrenie oder, wie es früher sehr viel anschaulicher hieß, von ›Spaltungsirresein‹ kann keine Rede bei ihm sein.«

»Isabell: Ein und dieselbe Person schreibt den *Asbest*-Wälzer und jetzt diese dämlichen Arztromane, das ist doch, wie soll ich sagen, geradezu unmöglich.«

»Ach, was ist schon unmöglich.« Mit dem Zeigefinger wischte sie eine Staubfluse vom Regalfach und pustete sie fort. »Wenn ich sehe, mit welcher Mordlust er da in St. Sölden zu Werke geht und wie dort, übrigens gegen alle Genregesetze, dauernd auf völlig unerklärliche Weise Leute zu Tode kommen ... Um ein paar Ecken passt das schon alles bei ihm zusammen. In Ronny Sommer steckt viel mehr Ron Winter, als der es selbst überhaupt ahnt. – Und umgekehrt.«

»Okay, der ist also einfach nur irre.«

»Ja«, Isabell nickte, »ganz normal irre. – Aber sag mal: Wie war es denn bei Breitenbach? Was wollte der eigentlich von dir?«

Statt einer Antwort spreizte ich Zeige- und Mittelfinger meiner Rechten zu einem Victory-V.

»Wie jetzt?«

»Breitenbach muss zur OP, dringend. Aber nicht nach St. Sölden, nein, nein, richtig. Bandscheibe.«

Erwartungsvoll hatte sie die Brauen in die Höhe gezogen: »Und? Das heißt jetzt ...?«

»Das heißt: Ich hab die Stelle wieder. Zwar nur für ein Semester, aber ...«

»Aber, Mensch, das ist doch großartig! Und das sagst du erst jetzt?«

Isabell umarmte mich. Doch schon im nächsten Augenblick stieß sie sich sachte wieder von mir ab: »Du, was wir als Erstes brauchen, unbedingt, einen neuen Drucker! Der alte, der spinnt, schon ewig.«

»Klar«, ich nickte, obwohl ich das gar nicht mitbekommen hatte. Wie auch: So lange schon hatte ich keine einzige Zeile mehr geschrieben, dass ich völlig vergessen hatte, dass wir überhaupt einen Drucker besaßen.

EIN HÖCHST
SELTENER, WENN NICHT
sogar absolut unwahrscheinlicher Fall ist es sicher, dass jemand zunächst Stück für Stück die gesamte Unterwäschekollektion seiner Zukünftigen in Augenschein nimmt – das ganze Spektrum: viermal neutrales, mehr oder weniger unschuldiges Weiß, himmlisch zartes Hellblau sowie das höllische Schwarz halbdurchsichtiger Seidenspitze – und dieser jemand sich diese luftigen, beinahe immateriellen Teile staunend durch die ungläubigen Finger gleiten lässt, ja für einen kurzen verzweifelten Moment sogar sein Gesicht darin versenkt, ehe er selbst überhaupt nähere Bekanntschaft mit deren geheimnisvollen Besitzerin gemacht hätte.

So und nicht anders erging es mir. Viele Jahre war das inzwischen her.

Kurzentschlossen, was sonst nicht meine Spezialität war, hatte ich diese Städtereise gebucht. Schon allein der Umstand, dass ich, der ich nie viel vom Verreisen hielt, selbstständig eine Reise buchte, verdeutlichte den Ausnahmezustand, in dem ich mich damals befand.

Claudia war gerade frisch ausgezogen, und ich hatte keine Lust, als Ex, der ich nun war, den ganzen Sommer in »unserer« Wohnung (die es in diesem Sinne ja auch nicht mehr war) herumzulungern; dort, wo lautstark die letzten Akte unseres Beziehungsdramas über die Bühne gegangen waren, bis zum Finale.

Selbst mein alter Logenplatz im zweiten Rang, sprich: im zweiten Stockwerk, von dem aus ich früher immer so gern und ausgiebig das Geschehen unten auf der Straße beobachtet hatte, war nicht mehr derselbe: Die Gardine, der Theatervorhang, war zugezogen, das Stück hatte sich in unsere eigenen vier Wände verlagert. Und ich war in diesem Kammerspiel ein Schauspieler gewesen, der seinen Text vergessen hatte.

So stolperte ich nun durch die trostlosen Kulissen.

Vorbei an den Türen, die wir der Reihe nach durchgeknallt hatten und die jetzt, ganz simpel, nur noch eines waren: durchgeknallt. Regungslos, von zwiespältigen Erinnerungen heimgesucht oder vom Krachen erschüttert, hingen sie in ihren Angeln. Sinnlos standen Stühle herum, auch ein Tisch, an dem ich mich dauernd stieß, wenn ich geistesabwesend von A nach B (wie Bad zum Beispiel) tappte.

Schränke, offen wie Fragen, die leergeräumten Fächer halb herausgezogen ...

Mich umschwirrten noch letzte Dialogfetzen, die so klangen, als hätte sie jemand aus einem Stück des absurden Theaters ausgeschnitten und wahllos aneinandergeklebt, Sätze, die durch den leeren Raum, durch meinen leeren Kopf hallten.

Ich (beide Hände in den Hosentaschen): »Du machst einen Fehler, Claudia.«

Claudia: »Weiß ich.«

Ich: »Und – warum dann?«

Claudia (weiterhin stur ihre blaue Reisetasche packend, der große Koffer stand bereits abmarschbereit im Flur): »Tja, wenn ich das wüsste ... Es ist besser so, glaube mir.«

»Ja, aber trotzdem ist es nicht gut.«

Claudias Stimme aus dem *Off* des Badezimmers, wo sie ihre Parfümflaschen klirrend in die Waschtasche schmiss und sich am Ende noch einmal zu allem entschlossen einsprühte: »Mach doch nicht so ein Theater!«

Oder ich hörte mich halblaut Monologe aufsagen – diese einseitig gekappten Dialoge, in denen ich mich bis zur traurigen Wahrheit: bis zu mir selbst, durchkonjugierte: »Es ist traurig, aber wahr. – *Ich* bin traurig, aber wahr...« Aber auch das war natürlich falsch.

Am letzten Tag alter Zeitrechnung, als endgültig und unwiderruflich die Tür in Schloss gefallen war und ich Claudias Schritte im Treppenhaus verhallen gehört hatte, war es für einen Moment lang unheimlich still in der Wohnung. Kurz überlegte ich noch, ob ich ihr nicht wenigstens den schweren Schrankkoffer hätte nach unten tragen müssen, aber das wäre ja so etwas wie Beihilfe gewesen.

Nein.

Die Beine angezogen, den Kopf an die Wand gelehnt, saß ich auf dem Fußboden – draußen ging erlösend ein silbergrauer Sommerregen nieder, auf den Fensterblechen spendete er unserem Trauerspiel einen langen, warmen Schlussapplaus.

Da ich mich seit Tagen unaufhörlich in einer *Was-wäre-gewesen-wenn*-Endlosspirale bewegte oder, vielmehr, mich schon nicht mehr darin bewegte, sondern nur noch regungslos darin gefangen war, lag der Gedanke nahe, auszubrechen. Flucht! Doch wohin?

Ausgerechnet ein Aufsteller vor dem Reisebüro in der Greifswalder, um das ich sonst immer einen großen Bogen gemacht hatte, wusste eines Tages überraschend die Antwort, ein Sonderangebot: *Eine unvergessliche Woche St. Petersburg – das Venedig des Nordens! (all inclusive).*

Aber ja, natürlich! Wenigstens *ein*mal in meinem Leben sollte, nein: musste ich doch diese Stadt sehen, in der ich beinahe fünf Jahre studiert hätte.

Alles in meinem Leben hätte womöglich, ach: ganz sicher, einen völlig anderen Verlauf genommen. Warum ich nicht schon viel früher darauf gekommen war?

Viel zu früh war ich am Abreisetag in Schönefeld.

»*Achtung: Sicherheitshinweis! Über alleinstehende Gepäckstücke informieren Sie bitte umgehend das Flughafenpersonal.*« Kritisch betrachtete ich meinen schwarzen Rollkoffer, doch der stand völlig unverdächtig in trauter Gesellschaft mit den anderen Koffern in der langen Schlange und wartete geduldig auf seine Abfertigung, kein Problem.

Und ich?

Da Claudia und ich nie verheiratet gewesen waren, wir hatten in sogenannter »wilder Ehe« gelebt (in der Endphase sogar: in *sehr* wilder), hatte sich, zumindest auf dem Papier, bei mir nichts verändert. Ich war nicht geschieden, sondern nach wie vor ledig. Oder aber eben – Stichwort: Sicherheitshinweis, Stichwort: Gepäckstück – *alleinstehend*. Dennoch, ich sah keinen Grund, das Sicherheitspersonal des Flughafens über diesen Umstand zu informieren.

Mit solchen wirren Halbschlafgedanken stieg ich die Gangway hinauf in die Maschine der *Aeroflot*, schnallte mich an und lehnte mich zurück. Da ich sehr früh, gegen halb fünf, aufgestanden war, schlief ich sofort ein. Das war der Beginn dieser Traumreise.

Tamara nahm uns auf dem Flughafen, dem Aeroport Pulkovo, in Empfang. Sie war klein, fast etwas pummelig. Durch die winzige Stupsnase wirkte ihre Brille, die sie immer wieder nach oben schieben musste, viel größer, als sie es in Wirklichkeit war. Man hätte unsere Reiseleiterin für ein aufmerksames Schulmädchen halten und sie glatt übersehen können, doch sie hielt das entsprechende Pappschild so selbstbewusst und weithin sichtbar in die Höhe, dass kein Weg in der Ankunftshalle an ihr vorbeiführte.

Nach und nach fanden wir uns alle bei ihr ein.

Mit dem Bus, der etwas holperig und knirschend in die ausgeleierten Gänge gekommen war, fuhren wir in unser Touristenhotel. Tamara vorn, neben dem Chauffeur, in einem Drehsessel, dem sie einen Schwung um 180° verpasst hatte – sie saß nun also mit dem Rücken zur Fahrtrichtung und mit dem kleinen, großbebrillten Gesicht zu uns.

»Hochgeehrte Reisegruppe! Ich begrüße Sie von Herzen in unserer stolzen Metropole des Nordens, St. Petersburg! Mein Name lautet Tamara, und in den nächsten Tagen es wird mir ein großartiges Vergnügen sein, Sie zu begleiten. Zunächst befinden wir uns nun auf der Fahrt in unser komfortables Drei-Sterne-Touristenhotel namens *Dekabrist*.«

Es ging eine endlose, breite Allee entlang.

»Auf dem Weg ins Zentrum der Stadt durchfahren wir jetzt den Moskauer Prospekt, dessen Häuser Sie sehen links und rechts«, teilte sie uns über das Bordmikrofon mit.

Unsere Köpfe gingen nach links und nach rechts.

Wir umkurvten ein großes Tor.

»Soeben konnten wir einen Blick auf das Moskauer Triumphtor erhaschen, erbaut vom berühmten russischen Architekten Stassow, Wassili Petrowitsch, 1769 bis 1848.«

Ich überlegte, woran mich dieses Triumphtor erinnerte: an den Arc de Triomphe? Nein, der vielen Säulen wegen doch eher an das Brandenburger Tor; ich dachte an Berlin, an ... – der Chauffeur trat hart auf die Bremse, wir waren am Ziel.

Unten im 60er-Jahre-Hotel *Dekabrist* gab es ein Restaurant. Um halb zwei würden wir uns dort zu einem gemeinsamen Mittagessen zusammenfinden, bevor am Nachmittag unser Programm begann.

Tamara übergab jedem von uns noch eine Mappe mit dem aktualisierten Ablaufplan, einer vollständigen Teilnehmerliste, einer Faltkarte vom Zentrum der Stadt sowie einem Blatt, auf dem wichtige Telefonnummern standen, unter anderem vom deutschen Konsulat und von der *Ersten Hilfe*, die hier »Schnelle Hilfe« hieß; ihre beiden Nummern, die von ihrem Hotelzimmer und die private mobile, hatte sie jeweils blau eingekringelt. Zunächst aber sollten wir unsere Zimmer beziehen und uns frisch machen.

Ich rollte meinen Koffer an der Rezeption vorbei. Durch die offene hohe Flügeltür warf ich einen Blick ins Innere des Restaurants.

Trotz der flirrenden Sonne draußen war es hier dämmerig, das lag an den vorgezogenen lilafarbenen Gardinen. Die Kristalllüster, die oben an der Decke hingen, strahlten diffuses Licht aus, sie schienen den Saal noch zusätzlich verdunkeln zu wollen. Ein paar Kellner durchstreiften das Areal; sie wirkten verloren in dessen sibirischen Weiten. Gelangweilt rückten sie Brotkörbe auf den Tischen zurecht, falteten Servietten oder platzierten Besteck neben den Tellern. Eine schlaksige Kellnerin, ihr Haar war rabenschwarz, polierte gedankenabwesend mit einem Geschirrtuch funkelnde rubinrote Weingläser.

Viel Folklore hing an den Wänden: bunte geflochtene Fransenteppiche, Tonkrüge, geschwungene Holzlöffel, geeignet wohl am ehesten zur Fütterung von märchenhaften Riesen. Die rustikalen Stühle waren, obwohl dick gepolstert, so beschaffen, dass man schon vom bloßen Hinsehen Rückenschmerzen bekam.

Mit dem Fahrstuhl ging es nach oben, in die dritte Etage.

Eine runde Frau, die Etagenaufsicht, saß an einem winzigen Schreibtisch. Vor ihr ein imposanter schwarzer Telefonapparat und ein mickriger Kaktus.

Wortlos legte sie die Zeitung ab und kontrollierte die Nummer auf meinem Zimmerschlüsselanhänger. Letzterer bestand aus einem lackierten Stück Birkenholz, oval und fast handtellergroß, sodass man garantiert nie vergessen würde, den kleinen Schlüssel mitsamt diesem unförmigen Anhänger bei der Rezeption abzugeben, wenn man das Hotel verließ. Die Frau nickte mir zu, ihr Finger wies mir die Richtung, dann vertiefte sie sich wieder in die Zeitung.

Im Zimmer warf ich den Koffer auf das wackelige Ablagegestell, zog die Gardine beiseite und überlegte, ob ich mir ein frisches Hemd anziehen sollte. Mit links öffnete ich das Kofferschloss – und zwar mit meiner altbewährten, absolut unvergesslichen Zahlenkombination 3–2–1- *fertig!* – mein simpler Countdown zum *Sesam öffne dich*; mit der rechten Hand griff ich nach der Fernbedienung.

Gerade kam ein Werbespot für ein Waschmittel, *Titan*. Den Text sagte eine lachende Waschmaschine, in der schäumendes Wasser schwappte, glucksend auf, woraufhin der davor aufgetürmte Berg Schmutzwäsche bitter zu wehklagen begann und lauter Hemdärmel, vor Angst flatternd, in die Höhe fuhren.

Mir fiel ein, dass meine Hemden für genau sieben Tage abgezählt waren, also beschloss ich, nachdem ich im Vorbeigehen mechanisch den Koffer aufgeklappt hatte, es bei einem Minimalprogramm zu belassen: Im Bad wusch ich mir ausgiebig die Hände nach der langen Reise. Die herzförmige rosa Seife roch so intensiv nach Rosen, dass ich mir danach lange die Hände unter klarem Wasser abspülen musste.

Doch auch als ich zurück ins Zimmer kam, roch es noch immer nach Rosen oder – jedenfalls sehr feminin.

Das, dachte ich, ist wahrscheinlich landestypisch. Ich war ja in der Fremde, deshalb auch dieser fremde Geruch hier. Sogar die Autoabgase, vor allem die süßlichen Ausdünstungen der Dieselfahrzeuge, hatten ganz anders gerochen als zu Hause. Ich wollte das Fenster öffnen, doch das ging nicht.

Ich beugte mich über den Koffer, um mir ein neutrales Stück Seife aus meiner Waschtasche zu holen ...

Entsetzt, mit schreckweitaufgerissenen Augen, starrte ich nach unten, in die Tiefe, in den Abgrund, im nächsten Moment konnte ich mich schon kaum noch auf den Beinen halten, wie vor einem Altar ging ich vor der Kofferablage in die Knie, so wie ich es dann am nächsten Tag bei den alten Frauen im russisch-orthodoxen Alexander-Newski-Kloster vor den goldglänzenden Ikonenbildern sehen sollte, jetzt aber sah ich gar nichts mehr, in meinem Kopf dröhnte es, alles drehte sich.

Unaufhörlich und gleichgültig kreiste weit draußen, auf dem Flughafen Pulkovo – und jetzt auch vor meinem inneren Auge! –, ein Kofferband.

Verdammt, ich versuchte mir vorzustellen, wo mein Koffer ... Nein, das wollte ich mir lieber nicht vorstellen. Es gab ja auch kaum eine Chance, dass er mich jemals wiederfinden würde. Seit ich gehört hatte, dass es professionelle Diebesbanden gab, die gezielt Mitarbeiter des Flughafenbodenpersonals bestachen, um auf diese Weise Reisende auszuspionieren, verzichtete ich sicherheitshalber auf ein Kofferschild mit Namen und Adresse. Ein geflüsterter Anruf genügte ja (»Herr Soundso soeben nach Saloniki abgeflogen. Pauschalreise, wahrscheinlich eine Woche. Seine Adresse: ...«), schon hatte die Bande genügend Zeit, um in aller Ruhe die betreffende Wohnung auszuräumen.

Auf der Suche nach Anhaltspunkten bettete ich den Koffer um, aufgeklappt lag er nun auf der Fensterseite des Doppelbetts. Vorsichtig weidete ich ihn aus.

Ein höchst seltener, wenn nicht sogar absolut unwahrscheinlicher Fall ist es sicher, dass jemand zunächst Stück für Stück die gesamte Unterwäschekollektion seiner Zukünftigen ... und so weiter (siehe oben).

Ich riss die Mappe auf, griff zum Telefonhörer, am schwarz geringelten Kabel hing ich wie an einem dünnen Rettungsseil.

»Allo?« Zum Glück, Tamara war sofort am Apparat.

»Tamara! Hören Sie, Lichtenau hier! Es ist dringend. Ein Problem ... ein riesengroßes Problem!«

»Ich höre.«

»Mein Koffer!!! Mein Koffer ist weg!«

»Oj – auch bei Ihnen? Das tut mir sehr leid. Aber Sie sind nicht der Einzige, dem passiert so etwas.«

Das tröstete mich überhaupt nicht, ich schluckte entrüstet.

»Ist Ihr Koffer aus dem Hotelzimmer gestohlen worden? Ich muss das wissen für Miliz.«

»Nein! Ich *habe* ja einen Koffer hier. Aber einen falschen!«

»Ach ...?« Kurze Pause. »Moment!«

Ich hörte, wie sie halblaut mit jemandem sprach.

»Herr Lichtenau, sagen Sie mir bitte: Wie sieht der Koffer denn aus?«

»Ein Rollkoffer, ein ganz normaler schwarzer. Genauso wie meiner«, sagte ich ungeduldig.

»Schwarzer Rollkoffer«, hörte ich Tamara sagen. Wahrscheinlich diktierte sie das schon jemandem für die Vermisstenanzeige beim Flughafen. Aber: Warum hatte sie Deutsch gesprochen?

»Der Koffer hier, er scheint übrigens«, ich räusperte mich, »einer Frau zu gehören. Aber das ist ja völlig egal jetzt.«

»Nein!«, rief Tamara. »Ist ganz und gar nicht völlig egal jetzt, das ist – wie soll ich nur sagen? – Märchen ... ist großartig!«

»*Was* ist das?«, rief ich ins Telefon, ich konnte meinen Ärger kaum noch unterdrücken.

»Kommen Sie doch, ich bitte Sie, unverzüglich ins Vestibül. Alles gut, ich versichere Ihnen. Nur, vergessen Sie bloß den Koffer nicht!«

Im Fahrstuhl rauschte ich ab, nach unten.

Kaum war ich im Foyer, ging neben mir die Tür des anderen Fahrstuhls auf. Und? *Was* wurde da herausgezogen? Mein Koffer! Ich erkannte ihn – ich weiß auch nicht, woran – sofort wieder; wäre das nicht zu theatralisch gewesen, hätte ich ihn am liebsten auf der Stelle fest in die Arme geschlossen.

Jetzt erst bemerkte ich die Frau, die mit meinem Koffer unterwegs war und die ihn wie einen Fremdkörper neben sich herschob.

»Das ist Frau Uphaus«, sagte Tamara, die hinter ihr aufgetaucht war. »Und das, das ist Herr Lichtenau. Nun hat sich ja alles gefunden.«

Obwohl Frau Uphaus genauso groß war wie ich, schaute sie mich abschätzig von oben herab an.

Und ich, ich überlegte, ob diese Frau wirklich zu dem

gerade eben von mir inspizierten Kofferinhalt passte. Ihr struppig gekringeltes schwarzes Haar stand nach allen Seiten vom Kopf ab. Ihre Nase: lang und schmal, der kleine Mund, geschminkt, zusammengepresst. Doch nun öffneten sich ihre dunkelroten Lippen.

»Sie waren an meinen Sachen?« (Das musste Tamara ihr gesteckt haben.)

»Klar, ich musste doch sehen, ob ich vielleicht was finde, einen Anhaltspunkt.«

»Und, haben Sie?«

Ich verkniff mir eine Bemerkung darüber, wie erstaunt ich über das unbeschreibliche Chaos in ihrem Koffer gewesen war, und zuckte nur die Schultern.

»Ich habe Ihre Sachen jedenfalls *nicht* angerührt. Hätte ich mich auch gar nicht getraut, so ordentlich, wie Sie Ihre Hemden zusammengelegt haben. Respekt! Sind Sie etwa Fachverkäufer für Obertrikotagen?«

Ich sah sie fest an, ohne auf ihre freche Frage einzugehen: »Was kann ich denn dafür, dass Sie meine Zahlenschlosskombination verwenden?«

»Das könnte ich Sie genauso fragen!«

Stimmt, leider war das logisch; es stand unentschieden.

»Würde es Ihnen eventuell etwas ausmachen, Herr Lichtenau, mir, bitte!, endlich meinen Koffer zurückzugeben?«

»Nein, natürlich nicht.«

Im Gegenzug rollte sie meinen Koffer über die unsichtbare Demarkationslinie, und wir waren quitt. Die offizielle Kofferübergabe war damit vollzogen. Es war so, wie man sich zu Zeiten des kalten Krieges wahrscheinlich einen Agentenaustausch auf der Glienicker Brücke vorzustellen hatte. Tamara, die als Schiedsrichterin neben uns gestanden hatte, faltete dankbar die Hände.

»Dann ist ja jetzt *alles in Butter*. – So sagt man doch, oder?«

Frau Uphaus und ich, wir nickten synchron, aber in unterschiedliche Richtungen.

»Sehr gut. Darf ich Sie nun wenigstens einladen auf einen Tee? Auf den Schreck.« Schweigend folgten wir ihr an die Bar.

»Schön«, sagte Tamara, als wir die hohen Hocker erklommen hatten, »eben, das war fast ein bisschen komisch, nicht wahr. Aber es kann auch enden tragisch, absolut. Gewiss erinnern Sie sich doch an Gustav Aschenbach.«

Erwartungsvoll sah sie erst Frau Uphaus, dann mich an.

Zwar hatte ich im Zimmer kurz einen Blick auf die Namensliste unserer Reisegruppe geworfen, aber ein Herr Aschenbach, Gustav, war mir dort nicht aufgefallen. Doch ehe ich nachfragen konnte, sagte Frau Uphaus: »Ja, natürlich.«

»Wissen Sie noch, Frau Uphaus, diese Verwechslung? Statt zum Bahnhof: Der große Koffer des Herrn Aschenbach geht in völlig falsche Richtung – nach *Como*!« Das letzte Wort hatte sie in geradezu komischer Verzweiflung ausgerufen, im selben Moment jedoch verdüsterte sich ihr Gesicht: »Und Gustav v. Aschenbach, er kehrt zurück wieder in die Lagunenstadt, die todkranke, die er wollte verlassen und die er doch im Herzen nie mehr verlassen konnte, seit er ... – Nun ja, Sie wissen, Schicksal.« Gerührt rührte Tamara ihren Tee im Glas um.

»Übrigens, meine Diplomarbeit, ich verfasste sie über einige der Meisternovellen Ihres herausragenden Schriftstellers Thomas Mann.«

»Und wie ist die Sache ausgegangen, also: mit dem Koffer«, fragte ich leise Frau Uphaus hinter Tamaras Rücken, die gerade mit dem Barmann über etwas mehr Gebäck verhandelte.

Mich traf ihr befremdeter Seitenblick: »Na ja, nicht so gut. *Tod in Venedig* eben.«

Ach, stimmt, natürlich, jetzt erinnerte ich mich: Ich hatte sogar mal die Verfilmung gesehen, von Visconti.

Schweigend schlürften wir unseren Tee.

Um die Stimmung nun doch ein wenig zu verbessern, sagte ich schließlich: »Wissen Sie, ich finde, wir haben einige Gemeinsamkeiten, Frau Uphaus.«

»Wieso? Wie kommen Sie denn darauf?«

»Na zum Beispiel, dass wir dieselbe Zahlenkombination gewählt haben. Ich meine: Das kann doch kein Zufall sein.«

Tamara nickte begeistert.

»Finden Sie nicht«, fragte Frau Uphaus amüsiert, »dass das eine ziemlich banale Zahlenfolge ist? Eins, zwei, drei – einfach nur verkehrtherum.« Ihr Blick blieb skeptisch, aber zumindest hatte sie kurz gelächelt.

Am Nachmittag des zweiten Tages hatten wir frei für eine individuelle Stadtbesichtigung. Das, so Tamara, sei auch eine gute Gelegenheit, um Geschenke einzukaufen.

Unentschlossen stand ich in einem Kellerladen für Andenken. Vor meinen Augen nahm die Verkäuferin eine

Matrjoschka auseinander. Je weiter die Verkäuferin mit geschickten, x-mal geübten Drehungen aus dem Handgelenk das Innere herausschraubte, desto unansehnlicher, desto hässlicher wurden die rundlichen Holzpuppen. Am Ende der Reihe stand winzig eine verhutzelte zahnlose Hexe auf dem Ladentisch, sie blinzelte mich scheel von unten an.

»Baba Jaga«, erklärte mir die blauhaarige Verkäuferin stolz.

Als kleines Mitbringsel für Claudia – wir hatten noch einen Termin im August an einem neutralen Ort vereinbart, um letzte offene Fragen zu klären – war das meines Erachtens jedoch viel zu persönlich. Also kaufte ich nur ein paar Ansichtskarten, dann stieg ich wieder nach oben, ans Licht.

Den italienischen Kaffee bestellte ich wenig später problemlos auf Englisch. Ich saß im Freien, unter dem grünen Schirm einer niederländischen Brauerei. Vor dem Namen ihres weltbekannten süffigen Bieres leuchtete als Logo ein roter Stern, den man, abgesehen von seiner schmalen weißen Einfassung, ohne Weiteres für einen Sowjetstern hätte halten können.

Es war schwül.

Für den Abend war ein Gewitter angesagt beziehungsweise uns war es sogar ange*zeigt* worden. Auf der Theke der Rezeption des Hotels *Dekabrist* stand jeden Morgen ein Schild, darauf war das Datum notiert, die aktuell erwartete Tageshöchsttemperatur sowie das voraussichtliche Wetter, das alles konnte man verstehen, ohne auch nur ein Wort Russisch zu kennen: lachende Sonne; ernste

Sonne, halbverdeckt von weißen Wolken; graue Wolken; grauschwarze Wolken, aus denen in schrägen Strichen Regen fiel. Heute früh aber: zackige gelbe Blitze vor schwarzem Hintergrund.

An diesem Nachmittag wurde mir wieder einmal klar, wie angenehm, ja: wie vorteilhaft es auf Reisen ist, die Landessprache nicht zu kennen.

Am Nebentisch unterhielten sich intensiv zwei Frauen, zwischendurch schlürften sie chemiebunte Cocktails, einer war grün, der andere giftgelb. Eine von ihnen fächelte sich mit dem perforierten Blatt der Getränkekarte pausenlos Luft zu.

Zwar verstand ich nicht, worüber sich die beiden unterhielten, aber ihre Stimmen im Hintergrund bewirkten, dass ich mich hier nicht ganz allein fühlte. Sofort jedoch wäre ich nicht nur allein, sondern sogar einsam gewesen, hätte ich verstanden, worüber sie redeten. Es handelte sich, das immerhin konnte ich dem Tonfall entnehmen, um irgendwelche Verfehlungen eines gewissen »Kolja« oder auch »Tolja« (einer dieser Namen fiel mehrfach), aber, wie gesagt, keine Ahnung, worum es da im Einzelnen ging. So konnte ich mir die ganze Zeit vorstellen, sie führten gerade ein tiefgründiges Gespräch über die Belange der Welt oder über die Unsterblichkeit der Seele – in diesem Fall der russischen.

Ich bezahlte, schob den wackeligen Stuhl an den wackeligen Tisch und ging weiter, ich wollte unbedingt noch zum Newski-Prospekt. Vor meinen Füßen stob ein grauer Vogelschwarm auf und drehte dann flügelrauschend schräg ab Richtung Kanal.

Mitten im Feierabendgewusel hatten vor dem Kaufhaus *Gostiny Dwor* Straßenkünstler eine Galerie aufgebaut. Sie saßen auf kleinen Schemeln und warteten auf Kundschaft, am besten ausländische Touristen. Proben ihres Könnens hatten sie an ihre Staffeleien gepinnt oder mit Klammern an Wäscheleinen befestigt, sie flatterten im warmen Lüftchen.

Es reichte von ganz klassisch – kitschbunte Aquarelle, Ansichten von der Admiralität oder dem Winterpalast (aber ich hatte ja schon meine Ansichtskarten, die mir besser gefielen) – bis hin zu großformatigen Comics: Rasputin mit Rastalocken und freiem Oberkörper, er saß vor einem Spanferkel, das so hingebogen war, dass dessen Umrisse exakt denen des Russischen Reiches entsprachen, doch statt einer Gabel hielt der irre Mönch den feuerroten Dreizack des Teufels in der feingliedrigen Hand; ein gütig lächelnder Stalin, wie er gemütlich zurückgelehnt rauchte – schaute man genauer hin, sah man im dicken Qualm, der aus seiner Pfeife dampfte, schemenhaft die Gesichter seiner einstigen Weggenossen, deren Seelen er genießerisch zum Himmel aufsteigen ließ. Aber nicht nur einheimische Größen kamen zum Zuge: auch internationale Ikonen, Madonna zum Beispiel, wie sie mit beiden Händen ein Mikrofon umklammerte und es lasziv ableckte.

Für ein paar Rubel konnte man sich porträtieren lassen.

Bei einem Schnellzeichner blieb ich stehen, dessen Markenzeichen waren grotesk verlängerte Nasen, Stielaugen und riesenhafte, fellbewachsene Ohren, die so aussahen, als stammten sie von Fabelwesen. Er selbst war drahtig, klein und trug einen verwaschenen Jeansanzug. Sein Gesichtsausdruck war enorm pfiffig. Die Schirmmütze hatte er so weit in den Nacken geschoben, dass sie den Blick auf seine hohe, glatte Stirn freigab.

Zwei junge Mädchen, Studentinnen, wie ich vermutete, kamen vorbei, untergehakt betrachteten sie kichernd die Bilder – und ich betrachtete die beiden: Die eine war untersetzt, hatte brünette Wuschelhaare, ihr rundes Sommersprossengesicht erinnerte entfernt an Pumuckl. Die andere war eine hochaufgeschossene Blonde, sie trug ein geblümtes Seidenkleid, doch zuallererst bemerkte man ihr märchenhaft schönes Antlitz! So erstaunlich ebenmäßig waren ihre Gesichtszüge, dass es dem Betrachter die Sprache – egal, welche – verschlug.

Die Brünette begann, mit dem Maler zu verhandeln.

Wenig später saß ihre Freundin siegessicher auf dem weißen Plastikstuhl: Schön blickte sie ins Leere, während der Zeichner flott mit seiner Arbeit begann. Hinter ihm stand die Brünette, sie schaute ihm die ganze Zeit über die Schulter. Anfangs lächelte sie noch, einmal lachte sie sogar laut auf, dann wurde sie immer ernster.

Auch ich warf nun einen Blick auf das Blatt: Gerade durch die Übertreibungen, ja Verfälschungen, kam eine Wahrheit ans Licht, die noch, weil sie in natura von der jugendlichen Frische weichgezeichnet wurde, gnädig im Verborgenen blieb, eines fernen Tages aber, früher oder später, sichtbar werden würde. Doch davon ahnte die Konterfeite natürlich nichts.

Als der Schnellzeichner fertig war, riss er das Blatt

schwungvoll vom Block ab und präsentierte es der Porträtierten.

Erschrocken, mit einer tiefen, dunklen Stimme, wie ich sie ihr gar nicht zugetraut hätte, rief sie etwas aus, theatralisch hob sie die Arme und schüttelte den blonden Kopf – dann jedoch, auf einen Zuruf der Brünetten, besann sie sich. Sie beschloss nun wohl, das Ganze für einen gelungenen Scherz zu halten – und alles löste sich in ihrem perlenden Lachen auf. Die andere zählte die Rubel ab, der gewiefte Schnellzeichner verewigte die flüchtig skizzierte Kohlezeichnung noch mit Fixativ, pustete das Blatt trocken, rollte es zusammen und versah es mit einer rosa Schleife. Tief verbeugte er sich, deutete einen Kratzfuß an und überreichte der Blonden die Zeichnung; das Geld hatte er weggesteckt, ohne es nachgezählt zu haben.

Untergehakt gingen die beiden weiter. Nachdenklich schaute ich ihnen hinterher, auf einmal sah ich Frau Uphaus.

»Oh, was für ein Zufall«, sagte sie erstaunt, als sie mich bemerkte, sie schien sich sogar zu freuen.

»Wieso?«, fragte ich.

»Na, in dieser Millionenstadt – dass wir uns nun ausgerechnet hier treffen.«

»Frau Uphaus, hätten wir uns draußen, in irgendeinem Vorort, getroffen, *das* wäre dann sicher ein Zufall gewesen. Aber die Wahrscheinlichkeit, dass wir als Touristen uns auf dem Newski-Prospekt, der bekanntesten Flaniermeile dieser Stadt, treffen, die ist um ein Vielfaches höher ...«

»Also dann ist das jetzt gar kein Zufall gewesen?«

»Nein, das grenzt schon fast, würde ich sagen, an Notwendigkeit.«

Sie überlegte kurz. »Sie sind gar nicht Hemdenverkäufer, stimmt's?«

»Hab ich auch nie behauptet.«

Sie nickte, dann schüttelte sie den Kopf.

Etwas abseits hatten sich einige Menschen versammelt. Sie umstanden einen Mann, der am Boden kniete, ein Pflastermaler. Wir traten ein Stück näher, bereitwillig wurde uns Platz gemacht. Dieser Straßenmaler war unglaublich hager, fast ausgemergelt, seine Haut dunkelbraun, verbrannt. Er trug ein ärmelloses blau-weiß gestreiftes Unterhemd und abgeschnittene, dreiviertellange Kakihosen. Seine Füße steckten in dickbesohlten, bis über die Knöchel reichenden Lederschuhen, wie man sie nicht in der Stadt, sondern eher zum Bergsteigen brauchte. Die Haare, die grau zu werden begannen, waren zu einem Zopf zusammengebunden, der störrisch nach oben abstand.

Der Maler kniete vor seinem Werk.

Ein Heiligenbild, und es war fast fertig. Es stellte die Mutter Gottes dar mit ihrem ernsten Kind auf dem Arm, das, man sah es auf den ersten Blick, noch eine große Zukunft vor sich hatte – diese Kreidezeichnung war in solch einer Vollendung gelungen, dass sie nicht nur die grauen Straßensteine zum Leben erweckte, sondern auch die Vorübergehenden: Die konnten nicht mehr einfach gedankenlos vorüber- oder weitergehen, nein, sie *mussten* stehen bleiben, völlig gebannt.

Niemand wagte es, klimperndes Kleingeld in den angeschlagenen Teller neben dem Holzköfferchen zu werfen.

Die Scheine, Rubel oder Dollars, wurden ehrfürchtig abgelegt. Eine uralte Frau bekreuzigte sich dabei sogar.

Der unbekannte Meister, in sein Werk vertieft, achtete nicht darauf. Gerade war er bei den Augen der Gottesmutter angelangt, die er mit weißen Kreidepünktchen auf den Pupillen zum lebendigen Schimmern brachte.

Es grummelte, in kürzester Zeit hatte der Himmel sich zugezogen. Schirme wurden aufgespannt. Einige der Zuschauer suchten schon in den Kolonnaden des *Gostiny Dwor* einen Unterstand.

Der erste Donner rollte drohend heran.

Der Maler ließ sich davon nicht stören. Er war noch nicht ganz fertig. Ein paar Schraffuren waren auf das Gewand zu stricheln, damit es richtig in Wallung geriet. Sorgfältig, mit geübter Hand, brachte er sein Werk, Strich für Strich, zum Abschluss. Dann stand er auf, legte den Kopf schief und begutachtete seine Arbeit. An einem schmutzigen Lappen wischte er sich dabei gründlich die bunten Kreidehände ab.

Dicke Tropfen fielen vom Himmel, im nächsten Moment brachen die Wolken auseinander, ein Wolkenbruch, so wie ich ihn noch nie erlebt hatte. Frau Uphaus und ich, wir rannten, über Pfützen springend, im dichten Kugelhagel des Platzregens zu den Kolonnaden.

Achtlos stopfte der Maler die durchnässten Geldscheine in seine Hosentasche. Er kippte das Wasser aus dem vollgelaufenen Teller und verstaute ihn ebenso wie die übrigen Utensilien in seinem Holzköfferchen. Dann, ohne Eile, ging er in Richtung Metrostation.

Und die Mutter Gottes?

Sanft lächelnd – das sahen wir wenig später, als der Regen etwas nachgelassen hatte und wir uns unter dem Knirps von Frau Uphaus ein Stück vorgewagt hatten – löste sie sich im pladdernden Regen auf, wurde am Bordstein entlanggespült, bis sie in einem der Gullys, die hier viel größer waren als in Deutschland, verschwand.

»Tamara, ist an dieser Stelle eine kleine Frage erlaubt?«

»Aber natürlich, ja, ich bitte Sie.«

»Stimmt es, dass der Höhenunterschied zwischen den Kanälen, Teichen und so weiter, das heißt: den Gewässern im Hinterland, und der unteren Parkanlage, also hier, wo wir uns im Moment befinden, nicht mehr als etwa fünfzehn Meter beträgt?«

»Fünfzehn Meter …?« Tamara schob interessiert die Brille hoch, sie sah mich groß an: »Ich persönlich, ich habe nicht nachgemessen. Aber wenn Sie sagen, Herr Lichtenau, ja, stimmt, warum denn auch nicht.«

Ich nickte.

Pflastermüde von der Stadtbesichtigung, hatte ich den Abend zuvor an der Minibar in meinem Hotelzimmer verbracht. Der lange Tag wollte und wollte einfach nicht aufhören. Die Zeit hatte ich mir damit vertrieben, gründlich meinen Reiseführer zu studieren, speziell: mich auf den Ausflug nach Peterhof, in die Zarensommerresidenz am Finnischen Meerbusen, vorzubereiten.

Frau Uphaus' Blick sagte mir zwar jetzt unmissverständlich, dass sie mich für einen furchtbaren Streber hielt, der alles daran setzte, gute Noten bei der Reiseleiterin zu ergattern – aber, tatsächlich, als ich mir am Vorabend, quer über dem Hotelbett liegend, diese nackte Zahl angestrichen hatte, hatte ich mir überhaupt nicht vorstellen können, dass allein diese Höhendifferenz ausreichend sein könnte, derart erstaunliche Wasserspiele, wie wir sie hier sahen, in Gang zu setzen: schäumend herabstürzende Kaskaden, Fontänen, die hoch hinauf in den blauen Himmel schossen. Ein imposantes Bild!

Das war auch Herrn Werner, dem eigentlichen Reiseprofi in unserer Gruppe, nicht entgangen, er musste dieses Motiv sofort festhalten. Zu diesem Zweck bugsierte er seine geduldige Frau so lange vor der Steineinfassung des Beckens hin und her, bis er die richtige Einstellung gefunden hatte. Frau Werner, geübt lächelnd und mit ihrer praktischen, diebstahlsicheren Bauchtasche, stand vor dem plätschernden Hintergrund: nackte Goldjungen in unbewegter Pose, die als Skulpturen unter der kalten Dusche des Wasserspiels ausharrten.

Auf dem Rückweg in die Stadt saßen Frau Uphaus und ich im Bus wieder nebeneinander. Anders ging es nicht, beziehungsweise: Sonst wäre es nicht aufgegangen, da wir die Einzigen in unserer Gruppe waren, die solo reisten, wir waren die beiden Restposten – während die anderen Teilnehmer unserer Reisegesellschaft sich geradzahlig in Paare oder Vierergruppen aufteilten.

Da waren zunächst Herr Werner, seine Frau und ihre beiden halbwüchsigen Söhne; Letztere zeigten sich allerdings nur mäßig an dieser Städtereise interessiert, und sie zeigten das auch deutlich.

Herr Werner, als Oberhaupt der Familie und vielleicht sogar unserer ganzen Gruppe, hatte immer den Überblick. In seiner Schultertasche führte er stets mehrere Kameras mit sich, die er abwechselnd benutze. Seinen Reiseberichten zufolge, die er gern – gern auch ungefragt – bei allen möglichen Gelegenheiten abgab, war er schon überall gewesen.

Sein Ehrgeiz, das hatte er mir einmal beim Abendessen im Hotel anvertraut, bestand darin, nicht einfach nur so »herumzuknipsen«, also ein paar Schnappschüsse zu machen, sondern seine Eindrücke professionell, das heißt: »in ganzen Bilderstrecken«, festzuhalten; zu Hause, in Bielefeld, habe er anderthalb Regalmeter Fotoalben im Hobbykeller stehen.

Da er erwähnt hatte, die letzte Reise habe Familie Werner nach Ägypten geführt, hatte ich versucht, mir vorzustellen, wie er das Land fotografisch zur Strecke gebracht hatte: *Cheopspyramide im Sonnenaufgang? Frau Werner auf einem Kamel? Buntes Markttreiben und Feilschen in Alexandria?*

Dann gab es in unserer Gruppe noch einige weitgereiste Ehepaare, manche schon deutlich älteren Jahrgangs; eines von ihnen, wie es mehrfach geheimnisvoll durchblicken ließ, sogar mit langjähriger *Studiosus*-Erfahrung sowie zwei befreundete jüngere Pärchen aus Düsseldorf, die sich öfter mal absentierten.

Schließlich eine fidele Damenrunde! Mein ursprünglicher Verdacht, es könne sich bei diesem lautstarken Quartett aus Leipzig um frischpensionierte Russischlehrerinnen handeln, hatte sich bald zerstreut. Sie waren, genauso wie ich, lediglich in der Lage, die kyrillischen Buchstaben über den Schaufenstern aufs Geratewohl zu entziffern, was sie aber nicht daran hinderte, es immer wieder zu probieren.

Anders Frau Uphaus! Obwohl sie aus dem Westen kam, sie arbeitete in Hamburg bei einem Verlag, hatte sie sich mithilfe einer Sprach-CD ein Basiswissen angeeignet, das es ihr erlaubte, sich elementar zu verständigen. Sie wunderte sich darüber, dass ich, aus dem Osten kommend, wo Russisch ja Pflichtfach war, kein Wort Russisch sprach.

Ich sagte nichts dazu, kein Wort. Nicht mal auf Deutsch.

Bei unseren Busfahrten gewöhnten wir uns also daran, nebeneinanderzusitzen – selbst dann, wenn die Düsseldorfer fehlten und ich theoretisch auch einen Fensterplatz hätte haben können. Diese Sitzordnung wurde zu einer stillen, nicht weiter hinterfragten Übereinkunft zwischen uns.

Nur einmal, bei der Kanalrundfahrt (*Venedig des Nordens!*), saßen wir separat.

Als wir unter der rußigen, stinkenden Dieselfahne in den Mojka-Kanal einbogen, die vorbeiziehenden hellblauen, grünen und rosaroten Häuserfassaden spiegelten sich nun – angesichts unseres mit vielen PS ausgestatteten und mit einem scheppernden Lautsprecher versehenen Touristenboots »Möwe« – erzitternd im brackigen Kanalwasser, beobachtete ich einen Mann auf der Uferpromenade: kurzärmeliges weißes Hemd, blaue Schirmmütze, unter seinem angewinkelten Arm klemmte eine schmale Aktentasche. Dann, von einem Moment zum anderen, verschwand er aus dem Licht der Straße im Dunkel einer Hofeinfahrt.

Ich stellte es mir vor und sah es für einen Augenblick sogar ganz deutlich: Das war ich – in einem anderen Leben.

Nach all dem Hin und Her in den letzten Wochen und Monaten, als ich nicht gewusst hatte, wohin mit mir, tat es mir gut, einfach dem pinkfarbenen Regenschirm, den Tamara stets in die Höhe hielt, damit niemand von uns verlorenging, hinterherzutrotten.

Der Besuch der *Eremitage* wurde als einer der Höhepunkte am vorletzten Tag absolviert. Danach fanden Frau Uphaus und ich uns zufällig auf dem Schlossplatz wieder.

Gerade hatte sie die Siegessäule fotografiert.

Ich bot ihr an, nun auch ein Foto von ihr zu machen – vor der Siegessäule. Doch das war schwierig: Trat ich zu weit zurück, konnte man das Gesicht von Frau Uphaus kaum noch erkennen, ging ich näher heran, bekam ich die Säule nicht mehr ganz aufs Bild.

»... Sieges-, auch Alexandersäule«, murmelte ich, »benannt übrigens nach Alexander dem Ersten, Bezwinger Napoleons.«

Frau Uphaus sagte nichts.

»Wiegt über sechshundert Tonnen und steht allein durch ihr eigenes Gewicht«, erklärte ich.

»Ich weiß«, sagte Frau Uphaus, »ich weiß, Sie haben einen erstklassigen Reiseführer.«

Eine italienische Touristin mit einem bebänderten Strohhut hatte uns bemerkt, lächelnd trat sie an uns heran, nahm Frau Uphaus wortlos die Kamera aus der Hand, hängte die sich um den Hals und dirigierte uns nun an einen Platz, wo sie uns gemeinsam vor der Säule ablichten konnte.

»Na schön«, sagte Frau Uphaus, »tun wir ihr den Gefallen.«

Die Italienerin ließ noch einmal kurz den Fotoapparat sinken, mit beiden Händen machte sie uns ein Zeichen, näher zusammenzurücken.

Frau Uphaus, um die Sache komplett zu machen, legte mir den Arm um den Rücken, ich zog den Bauch ein, hielt die Luft an, dann war das Bild, waren wir beide, im Kasten.

War sie da schon Isabell?

Nein, da war sie noch Frau Uphaus. Isabell wurde sie erst später, nach dem Abschiedsabend, den unsere Reisegruppe bis weit in die Nacht unten im Restaurant des Hotels *Dekrabrist* gefeiert hatte.

»Ist Ihnen schon mal aufgefallen, wie unsere kleine Tamara Sie dauernd anstarrt? Die verschlingt Sie ja fast mit Blicken!«

Konnte schon sein. Tamara war mindestens anderthalb Köpfe kleiner als ich, und da wir sehr eng getanzt hatten (es waren zwei ausgesprochen langsame Titel gewesen, zu denen wir uns unter der rotierenden silbern blinkenden Discokugel übers stumpfe Parkett geschoben hatten, zuerst Meat Loaf's *I'd Do Anything For Love*, dann Brian Adams: *Every Thing I Do, I Do It For You ...*), hatte Tamara, um mit ihrem Gesicht nicht völlig in meiner Hemdbrust (Hemd Nr. 6) zu verschwinden, die ganze Zeit aufmerksam zu mir aufblicken müssen.

Merkwürdig vor allem aber war, und das fiel mir jetzt auf: dass Frau Uphaus das aufgefallen war.

Um den gerade geknüpften Gesprächsfaden nicht gleich wieder abreißen zu lassen, erwähnte ich, dass ich bereits einen Großteil meiner Jugend mit einer gewissen Tamara verbracht hatte.

»Ach, wirklich?«

»Ja. Aber das war nicht immer einfach. Die konnte manchmal auch ganz schön nervig sein, oh ja.«

»Verstehe«, sagte Frau Uphaus.

Das bezweifelte ich zwar, trotzdem nickte ich.

Irgendwann im Verlauf des Abends erzählte ich ihr dann doch, was es damit auf sich hatte: Von der fünften Klasse an waren ein Anton und eine *Tamara* die beiden schillernden Hauptgestalten in meinen Russisch-Schulbüchern gewesen.

»So, Sie hatten also doch Russischunterricht! Davon merkt man aber nichts mehr. Sie tarnen sich gut.«

Undurchsichtig lächelte ich sie an.

Ich erzählte ihr dann von meinem Studium in Berlin, und es stellte sich heraus, dass wir beide Ende der 80er-Jahre eine Zeit lang parallel in der Staatsbibliothek, Unter den Linden, gesessen hatten, sie hatte für ihren Verlag ein paar Originale zur preußischen Geschichte in der Handschriftenabteilung einsehen müssen, ich war mit meiner Habilitationsschrift beschäftigt gewesen.

»Wir hätten uns da ja in der Kantine treffen können«, fiel mir ein. »Das wäre durchaus möglich gewesen.«

»Ich bin dort nie in die Kantine gegangen«, sagte sie. Das verstand ich (Bockwurst, Soljanka, Vita Cola & Co. ...), ich goss ihr Krimsekt nach. Claudia hatte mich manchmal in der Staatsbibliothek abgeholt und unten vor der Garderobe auf mich gewartet.

»Ist was?«, hörte ich Frau Uphaus nach einer Weile sagen, ihre Stimme klang besorgt.

Ich schüttelte den Kopf.

»Also, Sie sind doch sicher hierher geflogen, um sich zu bilden und etwas Fremdes kennenzulernen, oder?«, fragte Frau Uphaus. »Sie hätten sich nur mal sehen müssen, wie Sie da dauernd mit Ihrem Reiseführer ...«

»Ich weiß nicht«, unterbrach ich sie. »Vielleicht ist es auch etwas anderes, einfach nur die Suche nach einem Ort, wo man«, ich musste kurz schlucken, »... ja, wo man glücklich sein könnte. Kann doch sein, oder? Man sieht eine fremde Häuserzeile und stellt sich vor, wie jemand, der dort um die Ecke biegt, sich genau in dieser Straße, und nirgendwo sonst auf der Welt, zu Hause fühlt. Woran liegt das? Ist es der Kiosk an der Ecke? Die weitausladende Kastanie? Oder der kleine Knick in der Straße? Oder alles zusammen? Oder nichts von dem, weil es vielleicht nur darauf ankommt, dass dort jemand auf dich wartet ...«

Ich spürte, dass Frau Uphaus ihre Hand leicht auf meinen Unterarm legte, ich schaute auf, unsere Blicke trafen sich. Sie sah mich freundlich an – oder lachte sie über mich?

Als Lektorin war sie es ja sicher gewöhnt, Sachen, die für ihren Geschmack zu banal formuliert waren (»zu Hause« = *dass dort jemand auf dich wartet*), zu streichen. Mit gespreizten Fingern versuchte sie, die widerspenstigen

Haare hinters Ohr zu schieben; die hielten dort aber nicht lange.

Ich wollte sie zum Tanz auffordern, doch dafür war es definitiv schon zu spät.

»Ich glaube«, sagte sie – und das hörte sich jetzt tatsächlich etwas tantenhaft an, »ich hab einen kleinen Schwips.« Sie musste kichern.

»Frau Uphaus, ich bring Sie jetzt hoch, ja?«

»Na ...« Sie schien über den tieferen Sinn meiner Worte nachzugrübeln, amüsiert sah sie in ihr leeres Glas.

Es folgte eine rasende Irrfahrt mit dem Fahrstuhl – ich hatte den falschen Knopf gedrückt, dann noch einmal einen anderen falschen –, irgendwann ging gar nichts mehr.

Im sechsten Stock, einer fremden Welt, die wir bisher noch nie betreten hatten, quittierte der beleidigte Lift endgültig seinen Dienst, er rührte sich nicht mehr von der Stelle; sein Nachbar, der zweite Fahrstuhl, befand sich schon seit Mitte der Woche im Ausstand: Auch er war außer Betrieb.

Wir stiegen durch ein schwachbeleuchtetes Treppenhaus hinab, kamen an Wäschekammern und Wirtschaftsräumen vorbei. Irgendwann standen wir vor ihrem Zimmer.

»Ich heiße übrigens Anton.«

»An ... – Angenehm! Aber ...«, kleiner Schluckauf, »das erwähnten Sie ja bereits: Anton und, nicht wahr?, Tamara.« Müde blinzelte sie mich an, mit dem Finger zeigte sie, zumindest ungefähr, in ihre Richtung, das heißt, auf sich selbst: »Isabell.«

Alkoholbedingt verfehlten sich unsere Lippen, als wir das Du besiegeln wollten.

Was den weiteren Verlauf der Nacht betraf, gab es zwei Versionen.

Da an diesem Abend viel, sehr viel Wodka geflossen war, und zwar in so gewaltigen Strömen, dass es an die reißenden sibirischen Flüsse *Ob* oder *Jenissej* erinnert hatte (bei Isabell war es stattdessen Krimsekt, rosé, gewesen, den ich ihr immer wieder nachgeschenkt hatte), war die Schrift überspült worden, die Buchstaben waren verschwommen, deshalb war schwer zu entziffern, welche Lesart davon die richtige war – zumal Isabell als verlässliche Zeugin ausfiel.

Ihre Erinnerungen an diese Nacht, so behauptete sie zumindest später, seien irgendwann »im Fahrstuhl steckengeblieben«.

Variante 1 (die ich persönlich favorisierte): Zu sexuellen Handlungen – im *engeren* Sinne! – kam es damals zwischen uns noch nicht. Vielmehr half ich ihr, die Tür aufzuschließen, das Licht anzuknipsen, das sie aber sofort wieder ausmachte – es war nach Mitternacht, draußen war es in milchiger Unentschiedenheit immer noch oder schon wieder dämmerig. Ich legte sie aufs Bett. Vorsorglich stellte ich den winzigen Plastikmülleimer, den ich im Bad neben der Kloschüssel gefunden hatte, an ihr Kopfende. Sie streckte mir von unten ihre Hand entgegen, die ich lange schüttelte.

»Danke, mein Herr Kavalier«, sagte sie noch, drehte sich auf die Seite und begann sofort, unglaublich laut zu schnarchen.

Variante 2 (auch nicht völlig ausgeschlossen): Mit meinen Versuchen, sie vorsichtig aufs Bett zu bugsieren, war sie überhaupt nicht einverstanden. Es kam ihrerseits zu Protesten. Auch ich wollte etwas sagen, doch ihr vorgestreckter Zeigefinger versiegelte gebieterisch meinen Mund. Ihr Lippenstift, von Nahem erkannte ich das, hatte blutrot auf ihre oberen Schneidezähne abgefärbt, es sah aus, als habe sie vor Kurzem erst frische Beute gemacht.

Unglaublich eng war es, es kam zu einer Art Handgemenge, zu Handgreiflichkeiten und Übergriffen, unsere Finger verklammerten sich, auf einmal verschwand sie aus meinem Blickfeld, tauchte einfach ab, trotzdem, es hörte nicht auf: Ja, jetzt hatte sie mich in der Hand, und dann, dann ging es sogar noch weiter, von der Hand … in den Mund – ich, ich war sprachlos!

–

Ob es am Ende hellblau war oder nicht doch das höllische Schwarz der Seidenspitze? Ich wusste es nicht. Einmal aber, als ich atemlos zur Seite blickte, hatte ich den Eindruck, als sähe ich einen weißen Slip, der beim wilden Wegschleudern auf dem braun genoppten Stoffschirm der Standardstehlampe des Hotels *Dekabrist* gelandet sein musste und nun dort herunterhing, schlaff, eine Kapitulationsfahne.

Mein struppiges schwarz gefiedertes Paradiesvögelchen – stoßweise flatterte sein Atem in mein heißes Ohr, mein Herz schlug, meine Herzschrittmacherin krallte sich an mir fest, diese verrückte Zungenbrecherin ließ mich nicht zu Wort kommen, dafür rasten ihre Worte nun wie Kometen kreuz und quer durch meinen nächtlichen Kopf, sie hinterließen einen silbernen Schweif.

Als sie nach ein paar durchdringenden Seufzern abschließend erzitterte und zum Erliegen kam, ließ auch ich meinen Kopf aufs Kissen sinken. Tief atmete ich ein, die Welt roch nach dem Feinwaschmittel *Titan*.

Mein Versuch eines »Guten Morgen« scheiterte krächzend, als ich den Frühstücksraum betrat, er blieb mir zur Hälfte im trockenen Hals stecken, daher zog ich es vor zu schweigen.

Isabell saß allein an einem Tisch, sie nickte mir kurz zu, aber das sah nicht explizit nach einer Einladung aus, also ließ ich sie weiter gedankenverloren ihre Körner aus dem Schälchen picken und wandte mich dem Buffet zu.

So wie ich das bei den beleibten russischen Männern gesehen hatte, die Abend für Abend bis spät in die Nacht hinein unten im Hotel die Bar besetzt hielten, lud ich mir nun zum Frühstück das Tablett randvoll: ein tiefer Teller mit goldglänzend heißer Hühnerbouillon und einem Klecks saurer Sahne darin, Kartoffel-, Herings- und Rote-Bete-Salat, Buletten, Spiegeleier mit Speck, heiße Würstchen und in Essig eingelegte Pilze, Pfannkuchenröllchen mit dunkelroter Waldbeerenmarmelade im Innern.

Als ich das Tablett an den Zweiertisch balancierte, wo ich mir mit meinem Schlüssel (und dem imposanten, Achtung gebietenden Schlüsselanhänger) einen Platz reservierte hatte, sah Isabell mich befremdet, ja: entsetzt an. Sie verzog kurz den Mund – ein Lächeln? Ein saures Aufstoßen? Ernüchterung?

Bevor wir in Pulkovo den Abflug machten – sie nach Hamburg, ich nach Berlin –, tauschten wir zwar noch, so wie die anderen auch, der Vollständigkeit halber unsere Telefonnummern und Adressen aus, aber keine Blicke.

Die Sonnenbrille, die sie sonst so dekorativ in die Haare gesteckt hatte, trug sie, obwohl es bewölkt war, heruntergeklappt auf der Nase. Ich sah da einfach nicht durch: Was hatte das jetzt zu bedeuten? Dort, wo normalerweise ihre Augen funkelten, nur zwei dunkle, fast schwarze Gläser.

Zurück von der Reise, in der alten Wohnung, hatte sich nichts verändert, beziehungsweise *alles* hatte sich verändert. Claudias Parfüm, das mir auf einmal unglaublich fremd vorkam, hatte während meiner Abwesenheit genügend Zeit gehabt, sich überall in den Zimmern als Geruchskonserve einzunisten, festzusetzen. Als Erstes lüftete ich gründlich, mit Durchzug.

Dann öffnete ich den Koffer. Für einen Moment dachte, nein: hoffte ich, es könnte wieder der falsche sein. Mein Erstaunen darüber, dass es der richtige war. Mechanisch packte ich ihn aus.

Als meine Hemden, in inniger Umarmung, vereint und verknäult, in der Trommel der Waschmaschine kreisten, setzte ich mich, wegen der Zugluft im Wohnzimmer, im Bad auf den Hocker und dachte darüber nach, was aus mir geworden wäre, wäre ich damals, so wie es vorgesehen gewesen war, tatsächlich nach Leningrad gegangen und hätte dort fünf Jahre lang Philosophie studiert.

Ich hätte Claudia nicht kennengelernt, das war klar.

Da wir uns nicht gekannt hätten, wären wir auch nicht eines Tages – und zwar unter ziemlich obskuren Umständen – zusammengezogen. Sie hätte mich dann natürlich auch nicht verlassen müssen, schon gar nicht wegen dieses ... na, egal jetzt.

Das hieß: Ich würde überhaupt nicht an sie denken, nicht einmal an sie denken *können*, wie auch: Es hätte sie ja in meinem Leben nie gegeben. Wir hätten nichts voneinander gewusst. Obwohl ich mich nun fragte, was wir nach all den Jahren überhaupt voneinander gewusst hatten.

Im Rückblick schrumpfte die Zeit, die ich mit Claudia verbracht hatte, in sich zusammen – während die paar Tage (und Nächte) in Leningrad, oder St. Petersburg, mir nicht nur in allen Einzelheiten vor Augen standen: Nein, zwischen Traum und Wirklichkeit dehnten sie sich immer weiter aus, zu unglaublichen fünf langen Jahren – Jahren, in denen es das ganze piefige, miefige nach Kohleheizungen und Zweitaktern riechende DDR-Leben für mich nicht gegeben hätte.

Am Anfang der Reise hatte ich mir überhaupt nicht vorstellen können, dort zu leben – und schon gar nicht fünf Jahre. Doch wenn ich dann an »zu Hause« gedacht hatte, war mir klar geworden: *Wo, wenn nicht hier?* St. Petersburg war so irreal, so jenseits meiner bisherigen Welt, dass ich mir dort alles vorstellen konnte.

Aus den Erinnerungsbruchstücken dieser Reise, den kleinen Momentaufnahmen, Straßenszenen, Farben, auch Gerüchen und Geräuschen, begann ich, mir ein Bild meines Lebens als Student in Leningrad zusammenzusetzen, es war ein Kaleidoskop, immer neue Kombinationen entstanden – und ich kombinierte diese Bilder großzügig und in einer wilden Mixtur mit jenen Schwarz-Weiß-Fotos aus dem dickleibigen Bildband über Leningrad, den wir uns damals an der *ABF Walter Ulbricht* ehrfürchtig und etwas ungläubig im Russischunterricht angeschaut hatten.

Studenten und Studentinnen, wie sie lachend untergehakt am Kai der Newa auf einer breiten, hellen Uferpromenade flanieren; andere Studenten, die in einem Vorlesungssaal sitzen, vorn auf dem Dozententisch steht ein Hund, an dessem struppigen Hals ein Reagenzglas angebracht ist, in das Speichel tropft, hinter ihm im weißen Kittel, leicht vornübergebeugt, ein Wissenschaftler mit einem Glöckchen in der Hand, Bildunterschrift: *Triumph der Errungenschaften der Sowjetwissenschaft – Dozent XY, Kandidat der medizinischen Wissenschaften, demonstriert den von Iwan Petrowitsch Pawlow entdeckten »bedingten Reflex«*; auf einem anderen Foto: angestrengt nachdenkende Schachspieler auf einer Parkbank unter hohen Bäumen, umstanden von Interessierten, die ihnen skeptisch über die Schultern blicken; an einem kleinen Lagerfeuer, unterhalb der Peter-Pauls-Festung, hat sich eine Gruppe versammelt: in Bildmitte jemand mit einer keck gekräuselten Stirnlocke, der Gitarre spielt; und, natürlich, Lenin, der Allgegenwärtige, der niemals fehlen darf, aus Bronze, auf einem seiner vielen Sockel, wie er – einen Fuß gerade noch auf dem Boden der Tatsachen, den anderen schon leicht abgehoben – mit unbekanntem Ziel davonschreitet.

Sicher hätte ich in einem Wohnheim gelebt, wahrscheinlich etwas außerhalb. Eine Natascha oder Tatjana oder vielleicht sogar, warum denn auch nicht, eine *Tamara* hätte sich meiner erbarmt und mir richtig Russisch beigebracht, sodass Frau Kunzelmann von der ABF in Halle ihre helle Freude gehabt hätte.

Beim Abendessen, das aus schwarzem russischen Brot, saurer Sahne und Tee bestanden hätte, wäre es mir ein Leichtes gewesen, mich mit meinen Kommilitonen zu unterhalten, auf Russisch, fließend: ja. Ach ja, und natürlich Wodka, Wodka wäre geflossen ... Der auch.

Prompt schob sich an dieser Stelle meines Tagtraums – als Wirklichkeitspartikel? Als dunkle Erinnerung? – die mehr oder weniger weiße Nacht im Hotel *Dekabrist* ein.

Die Augen geschlossen, sah ich alles ganz deutlich vor mir: worauf es ankommt? Sich genau, in allen Einzelheiten, an das zu erinnern, was man nie erlebt hat.

CLAUDIA ARBEITETE IM HAUS DES REISENS

am Alex, als wir uns kennenlernten. Dort hatte sie mit Hilfe ihres Vaters eine Stelle bekommen, nachdem sie erfolgreich ihre Ausbildung zum »Verkehrskaufmann mit Spezialisierung Fremdenverkehr« abgeschlossen hatte – für den »Verkehrskauf*mann*« hatte sie sich aber keiner aufwendigen Geschlechtsumwandlung unterziehen müssen, das Maskulinum war lediglich die seinerzeit übliche und vorherrschende Form.

Damals war sie noch nicht zur stellvertretenden Abteilungsleiterin aufgestiegen, das bedeutete, sie hatte jeden Tag, wie sie das nannte, »Kundendienst« – mit entsprechendem Publikumsverkehr.

Eines Tages stand als Teil dieses Publikums ich vor ihr.

Aus freien Stücken hätte ich dieses seltsame Tourismushochhaus niemals betreten. Unser Sektionschef hatte mir diesen Tipp gegeben, nachdem er mich damit beauftragt hatte, für das kulturelle Beiprogramm einer internationalen wissenschaftlichen Fachtagung, die wir im Frühjahr 1988 in Warnemünde ausrichteten, irgendetwas zu organisieren. Eine Hafenrundfahrt? Besuch der Warnowwerft? Besichtigung des Fischverarbeitungskombinats?

Claudia hörte mir aufmerksam zu, sie machte sich Notizen und versprach mir, sich telefonisch bei mir zu melden, falls ihr dazu etwas einfiele.

Mit dem Telefon, das war schwierig. Zu Hause hatte ich keins, und wegen des Platzmangels in der Sektion hatte ich dort keinen eigenen Schreibtisch und schon gar kein Telefon; die meiste Zeit arbeitete ich in der Staatsbibliothek. Wir vereinbarten, dass ich in der Woche darauf noch einmal bei ihr vorsprechen sollte, am besten spätnachmittags, wenn es bei ihr nicht mehr ganz so voll war.

Ich wohnte damals in Mitte, eine Einzimmerwohnung, parterre, mit guter Aussicht auf die aschebraunen Mülltonnen im Hof. Der Horizont war durch die rostige Linie einer Teppichklopfstange markiert.

Nein, ich »wohnte« dort nicht, ich schlief dort nur. Eigentlich war ich schon seit Längerem in die Staatsbibliothek gezogen. Dort war es einigermaßen hell, vor allem aber warm und sauber. Morgens war ich immer sehr früh da, und abends packte ich meine Sachen erst dann zusammen, wenn die Saalaufsicht die letzten Verbliebenen mit müder Stimme daran erinnerte: »Der Lesesaal schließt in einer Viertelstunde.«

Da es zu jener Zeit noch keine Laptops mit notorisch klappernden Tastaturen gab, war die Bibliothek so etwas wie ein Refugium, ein Ort stiller Besinnung.

Kam ich nach Hause, kümmerte ich mich als Erstes, noch im Mantel, um den Ofen. Nie schaffte ich es, mir rechtzeitig Koks zu besorgen. Aber ohne den hatte es einfach keinen Sinn, morgens zu heizen: Die krümeligen Braunkohlebriketts der Marke *Rekord* brannten in Rekordzeit nieder, das bisschen Wärme wäre tagsüber nur sinnlos verpufft – und abends wäre es dann wieder lausig kalt gewesen.

Mein gegenläufiges Heizregime bewirkte zwar einerseits, dass der Kachelofen seine volle Wärme erst ungefähr gegen zwölf, zur Geisterstunde, abgab und er auf diese Weise Nacht für Nacht meine wüsten Alpträume anfeuerte, andererseits blieb für den Morgen, wenn ich aufstand, noch etwas Restwärme übrig.

Den Kaffee trank ich im Stehen, an die braunen lauwarmen Kacheln gelehnt. Und dann verschwand ich wieder in die Bibliothek.

Bei Claudia sah es nicht viel besser aus, wenn auch auf höherem Niveau. Da ihre Eltern ein Einfamilienhaus am Stadtrand hatten, stand sie, was die Wohnraumvermittlung betraf, in der Schlange weit hinten.

Später wurde das zu einem ersten ernsten Problem in unserer Beziehung: Weder konnten wir zu ihr (ihre Eltern) noch zu mir (meine Mülltonnen, die der bevorzugte Treffpunkt aller Hof- und Kellerratten unseres Hauses sowie ihrer grauen Besucherscharen aus der verzweigten Unterwelt des umliegenden Kanalisationssystems waren).

Zu ihrem fünfundzwanzigsten Geburtstag, da waren wir schon ein halbes Jahr zusammen, bekam Claudia (das Einzelkind!) von ihren Eltern, die inzwischen auf einen weißen Lada Kombi umgestiegen waren, ein außerordentlich kostbares Geschenk: den alten, bewährten Trabant 601, himmelblau – das Prachtstück der Familie. Das Problem war nur, Claudia hatte keine Fahrerlaubnis.

Ich auch nicht. Immer wieder hatte ich es versäumt, mich in der Fahrschule anzumelden. Es hatte auch gar keinen Grund dafür gegeben, denn eine Autoanmeldung hatte ich ebenfalls nicht. Es war mir nicht nur utopisch, sondern geradezu idiotisch vorgekommen, zehn Jahre auf ein Auto zu warten, das ich sowieso nicht haben wollte. Jetzt aber hatte sich die Situation völlig unerwartet und grundlegend verändert.

Claudias Vater hatte über seine Sekretärin vorausschauend einen Termin für sie in der Fahrschule seines Betriebs reservieren lassen, dort ging es wesentlich schneller als beim *Haus des Reisens*. Claudia musste in dieser Zeit aber fünf Tage in der Woche zu einer Qualifizierung nach Potsdam, so wurde die Anmeldung unbürokratisch an mich weitergereicht.

Dem armen Hartmut war seine Enttäuschung anzumerken, als mit gesenktem Kopf *ich* das verräucherte Kabuff der Betriebsfahrschule betrat. Seine Blicke tasteten mich ungläubig ab, offenbar hatte ihm niemand gesagt, dass statt Claudia ich kommen würde.

Er kannte sie noch aus dem Betriebskinderferienlager, wollte eventuell wohl etwas auffrischen, was es vielleicht vor Jahren einmal abends unter Kiefern an einem märkischen See gegeben haben mochte.

Im theoretischen Teil der Fahrschule gelang es mir immerhin, ihn in interessante Detailfragen zu verwickeln, etwa über die unbestreitbaren Vorzüge des Wankelmotors, speziell: dessen Leistungs-Gewichts-Verhältnis. So brachten wir jeden Dienstagabend unsere Zeit herum.

Dann kam der praktische Teil.

Es lief überraschend gut. So schwer war das ja gar nicht. An einer Stelle aber, nach einer ermüdend langen

Vorfahrtsstrecke, hatte Hartmut geschickt eine spezielle Falle in die Tour eingebaut.

Ich war gerade so richtig in Fahrt gekommen und versäumte deswegen, als wir in das Wohngebiet einbogen, nach rechts zu schauen. Mit der zulässigen Höchstgeschwindigkeit, den Blick siegessicher geradeaus, bretterte ich über die nächste Kreuzung – eine Kreuzung wohlgemerkt, aus gleichberechtigten Straßen.

Stopp!

Sofort ließ Hartmut mich rechts ranfahren. Die Handbremse zog er eigenhändig selbst, mit links. Und all das, was sich in ihm angestaut hatte, vor allem die Enttäuschung darüber, dass er Claudia nicht wiedergesehen hatte, brach jetzt aus ihm heraus. Er sei »fassungslos« und »menschlich maßlos enttäuscht« von mir. Auch das Wort »lebensgefährlich« wiederholte er mehrmals, schließlich habe er ja rechts gesessen.

Ich musste aussteigen.

Hartmut klemmte sich nun selbst hinter das Steuer, startete, rasant fuhr er an. *Das war es dann wohl*, dachte ich – ein unerhörtes Krachen im nächsten Moment, ein Splittern. Dann Stille.

Teilnahmslos piepten ein paar unsichtbare Vögel.

Seine eigene goldene Regel (»nicht zu lange über einen Fehler nachdenken«) sträflich missachtend, hatte er den Fahrschulwagen mit voll aufbrausender Geschwindigkeit gegen das Hinterteil eines großen grauen Lkws gesetzt. Es sah aus, als hätte der rote Wartburg aus reinem Übermut den Laster von hinten aufgabeln wollen.

Hartmut stieg aus. Er zündete sich eine Zigarette an,

mit kühler Kennermiene betrachtete er das Ergebnis. Das gesamte Vorderteil des Fahrschulautos war ordentlich aufgerollt worden. Wie eine Fischbüchse – Makrelenfilets in Tomatensoße …

Die Entscheidung in Sachen Warnemünde war am Ende übrigens auf das Fischverarbeitungskombinat hinausgelaufen. Wir, die Teilnehmer der internationalen Tagung *Algorithmentheorie und Willensfreiheit*, waren durch das Werk geführt worden. Allesamt hatte man uns aus Hygienegründen verkleidet: In weißen Kitteln und unter weißen Hauben hatten wir also an einem langen Fließband gestanden und dabei zusehen können, wie sich Blechdosen, Fischfilets und Tomatensoße halbautomatisch in handelsübliche Fischbüchsen verwandelt hatten.

Nein, im Fall des Wartburgs: doch keine Tomatensoße, Blut war ja, Gott sei Dank, nicht geflossen. Also eher: Makrelenfilets in Sonnenblumenöl. Aus dem Motorraum tropfte es. Auf dem Asphalt bildete sich eine schwarze Ölpfütze, die immer größer wurde. Ich schlich durch eine Seitenstraße davon.

Die restlichen Fahrstunden übernahm dann Herr Heinrich, der ältere Kollege von Hartmut. Er brachte mich auch sicher durch die Prüfung, bei der ich an jeder Kreuzung sofort abbremste, vorbildlich den Kopf nach vorn schob und aufmerksam, am Fahrlehrer vorbei, nach rechts blickte.

Als ich mit allem fertig war, nahm ich mir doch ein Herz, ich bat Herrn Heinrich, schöne Grüße an Hartmut auszurichten – und, dass mir die Sache unendlich leidtue. Schließlich war ich ja nicht ganz unbeteiligt daran gewesen.

Herr Heinrich nickte, er wusste Bescheid. Aber dann winkte er nur ab. Schuld hatte in diesem Fall der Lkw-Fahrer bekommen. Eine Untersuchung hatte ergeben, dass die Leuchten seines Baustellenlasters derart lehmverkrustet waren, dass es nahezu unmöglich gewesen war, durch die dicke Dreckschicht auch nur einen winzigen Schimmer der Bremslichter zu erkennen.

Ich war erleichtert, hatte ich doch die ganze Zeit gedacht, Hartmut hätte wegen mir rotgesehen. Das Gegenteil war der Fall gewesen.

Hätte ich wirklich in Leningrad studiert, hätte ich 1. Claudia nicht kennengelernt und 2. hätte ich sicher auch nie eine Fahrerlaubnis gemacht. Absolventen eines Auslandsstudiums, das wusste man ja, waren spezielle Kader, die später hohe Tiere in Wissenschaft, Wirtschaft oder Politik wurden, und die hatten natürlich einen persönlichen Fahrer.

So hätte es also 3. auch nie diese nächtliche Irrfahrt in die Sächsische Schweiz gegeben, *unsere Jungfernfahrt*, wie Claudia es einigermaßen prophetisch im Vorfeld genannt hatte.

An einem Freitagabend hatte ich Claudia nach der Arbeit vor dem *Haus des Reisens* abgeholt. Es regnete, der Scheibenwischer arbeitete im Dauerbetrieb. Die Frontscheibe war beschlagen. Durch das Milchglas versuchte ich, etwas zu erspähen.

Claudia fand es richtig gemütlich in »unserem Trabbi«;

tatsächlich, so nannte sie den liebevoll. Mir war nicht klar, wieso sie diese Verkleinerungsform wählte, wo er doch von Natur aus schon so klein war.

Als wir am Ostbahnhof vorbeikamen, erinnerte ich mich daran, dass ich von dort aus schon so oft und völlig bequem nach Dresden gefahren war; mit der Eisenbahn oder, um exakt zu sein: mit einem der Züge der *Deutschen Reichsbahn*, der – so rußverdreckt, nach Bier und Urin riechend, blau verqualmt und altertümlich ächtzend – seinem geschichtsträchtigen Namen alle Ehre gemacht hatte, mich aber immer sicher und pünktlich ans Ziel, nach Dresden-Neustadt, gebracht hatte.

Stattdessen musste ich jetzt eingezwängt und fast bewegungslos in diesem winzigen Pappauto sitzen.

Die erste Unterbrechung gleich hinter Mittenwalde.

Mit einer blinkenden Kelle wurden wir aus dem Verkehr gezogen, herausgewinkt. Am Fahrbahnrand mussten wir halten. Ein im Dienst ergrauter Verkehrspolizist und seine junge Kollegin, beide in grünen Regenpelerinen, traten langsam heran.

Beflissen kurbelte ich die Scheibe herunter. Der Polizist leuchtete ins Wageninnere. Ich musste den Ausweis, die Fahrzeugpapiere und den Führerschein zeigen. Alles in Ordnung. Mit Blick auf die nagelneue Fahrerlaubnis gab er mir noch den väterlich-freundlichen Hinweis, bei diesem Sauwetter höllisch aufzupassen.

Klar, ich nickte – murmelte wohl auch etwas von Aquaplaning, Hartmut hatte davon erzählt.

»Ja«, sagte er, »kann sonst 'ne unangenehme Rutschpartie werden.«

Dann übernahm die junge Polizistin. »Pusten Sie mal bitte!«

»Oh«, sagte ich – und um die nass-trübe Stimmung etwas aufzuhellen, fragte ich noch freundlich nach: »Wo genau tut's denn weh?«

»Hier.«

Ungerührt hielt sie mir das Röhrchen hin. Ich pustete hinein, sah dabei triumphierend zu Claudia hinüber, die den Kopf abgewendet hatte. Wir konnten weiter: alles im grünen Bereich – abgesehen von Claudia, die mir noch bis weit hinter Calau Vorhaltungen machte wegen meiner völlig überflüssigen Bemerkung.

»Was war das denn eben? *Wo genau tut's denn weh?* Das hätte verdammt schiefgehen können, du.«

»Ist es aber nicht. Hast doch gehört, was sie zum Schluss gesagt hat.«

»Was?«

»Na, ›Gute Fahrt, Herr *Doktor*‹.«

»Weißt du, man hätte dich auch wegen Hochstapelei drankriegen können.«

»Tut mir leid, aber wo sie recht hat ... steht doch so in meinem Ausweis.« Ich zog ihn zum Beweis aus der Brusttasche, wo er seit der Kontrolle noch steckte, und reichte ihn ihr. Claudia nahm ihn zwar entgegen, ließ ihn aber in der Hand auf den Schoß sinken, ohne ihn anzuschauen.

»Wenn du wenigstens richtig Doktor wärst, also Arzt, meine ich.«

Damit war dieses Gespräch beendet. Aber der Regen hatte noch nicht aufgehört.

Der graue Streifen der Autobahn rollte vor uns ab, ein

endlos verschwommener Film, der vom hektisch arbeitenden Scheibenwischer in lauter einzelne Bilder zerlegt wurde, die der quietschende Gummi immer wieder kurz wegwischte, um Platz für ein neues Bild zu machen, das dem vorhergehenden ebenso ähnelte, wie es dem nachfolgenden ähneln würde. Es war ermüdend. Als stünden wir auf der Stelle. Dabei rasten wir mit neunzig Stundenkilometern Richtung Elbtal. Die Hunderter-Marke zu knacken, war mir zu riskant.

Kurz vor Freienhufen: ein verdächtig flappendes Geräusch aus dem Motorraum; flackernde Lichtsignale auf der Anzeige im Armaturenbrett; schließlich: der Punkt eines konstant leuchtenden Rotlichts.

Verdammt, das konnte nur eines bedeuten – Diagnose: Der Keilriemen war gerissen. Also: Ausfall der Lichtmaschine, wir fuhren nur noch auf Batteriebetrieb. Ergo: Das Ende war absehbar.

An der Autobahnraststätte Freienhufen fuhr ich raus, öffnete die Motorhaube und hatte sofort traurige Gewissheit: tatsächlich, der Keilriemen – irgendwo musste er jetzt auf der nächtlichen Autobahn liegen, als verkrümmte Hartgummischlange.

»Ist alles in Ordnung?«, fragte Claudia aus dem Auto.

»Ja. – Zieh bitte deine Strumpfhose aus.«

»Wie?« Sie grinste. »Jetzt, hier? Auf freier Wildbahn …« Unternehmungslustig blinzelte sie mich an.

Ich nickte stumm.

»Ich soll *was* …?« Sie spitzte die Lippen.

»Ja, mach bitte, was ich gesagt habe.«

»Na, du hast Nerven …«

»Ja«, sagte ich, »muss ich auch, das ist jetzt entscheidend.«

Weit lehnte sie sich zurück, hob den Hintern, wackelte und rollte dann vorsichtig die Strumpfhosen herunter. Halb verständnislos, halb erwartungsvoll wurden sie mir durchs offene Fenster gereicht.

»Und nun?«

»Die sind noch warm«, sagte ich leise, »das ist gut.«

»Warum *das* denn? Sag mal, pervers oder so was bist du nicht zufällig, oder?«

»Mal sehen, aber wahrscheinlich reißen sie dann nicht so schnell, sie sind«, erklärte ich ihr noch, »elastischer.«

»Mensch, du, die sind aus dem Intershop.«

»Naja, vielleicht halten sie ja trotzdem.«

Ich straffte die hauchzarten Nylonhosen, rollte sie zusammen und zog sie anstelle des Keilriemens an der Lichtmaschine auf, wo ich sie noch einmal, so fest es nur ging, spannte und dann an den Enden verknotete.

Diesen Tipp hatte mir übrigens kein anderer als Hartmut gegeben, im Theorieunterricht der Fahrschule.

»Da muss natürlich«, hatte er leise hinzugefügt, »immer auch eine Strumpfhose in der Nähe sein.«

Ich schloss die Motorhaube, startete (mit Choke, anders ging es nicht – die Batterie hatte also doch schon was abbekommen), es röhrte; vorsichtig setzte ich zurück, nach hinten sah ich kaum etwas, Claudia hatte darauf bestanden, aus Sicherheitsgründen ein übergroßes A-Schild mit Heftpflastern an der Heckscheibe zu befestigen, dann knatterten wir los, weiter Richtung Elbtal, wir zogen eine lange Qualmfahne hinter uns her.

Das rote Anzeigelicht flackerte zwar noch hin und wieder, aber im Großen und Ganzen flutschte es: Es ging, beziehungsweise wir fuhren. An der Ausfahrt Dresden-Nord verließen wir die Autobahn. Zunächst weiter auf der 170, dann wechselten wir auf die Fernstraße 6, Richtung Bischofswerda.

Die Scheinwerfer ihrer blauen Augen hatte Claudia jetzt ganz auf Abblendlicht gestellt. Sie rieb sich die Hände, ihr war kalt geworden, ich drehte die Heizung voll auf und kurbelte das Fenster auf der Fahrerseite ein Stück herunter: Bald waren die Scheiben – vor allem die Frontscheibe! – nicht mehr beschlagen.

Endlich, kurz vor Mitternacht, rollten wir verschwitzt und völlig übermüdet durch das offene Hoftor.

Claudias Oma hatte auf uns gewartet, obwohl sie früh raus musste – sie arbeitete in der Bäckerei des Ortes. Sie hatte uns schon am Nachmittag die Betten frisch bezogen und einen Strauß Feldblumen auf das Nachtschränkchen zwischen unseren Betten gestellt.

Wir schliefen im alten Schweinestall, der provisorisch zu einer Ferienwohnung ausgebaut worden war (die Schweine des Dorfes waren längst vollzählig in der LPG); fließendes Wasser gab es auf dem Hof, aus der Pumpe.

Später, wenn die Rede auf dieses verregnete Wochenende in der Sächsischen Schweiz kam, vergaß Claudia nie zu erwähnen, dass es letztendlich ihre teuer mit Westgeld bezahlten Strumpfhosen aus dem Intershop in der Invalidenstraße gewesen waren, die uns gerettet hatten – aber es war trotzdem nicht zu überhören, wie stolz sie auf mich war. Es war das erste und einzige Mal, dass sie mich derart praktisch und zupackend erlebte. (Hartmuts Beitrag ließ ich in diesem Zusammenhang natürlich stets unerwähnt.) Nicht einmal der Abschluss meiner Habilitation überzeugte sie später auch nur annähernd so von mir.

Meine ansonsten eher spärlich entwickelten praktischen Fähigkeiten erklärte sich Claudia übrigens damit, dass ich nicht gedient hatte; vielleicht hatte sie schon damals ein Faible für Männer in Uniform (Stichwort: Interflugpilot ...).

Aber es stimmte, der Armee war ich wie durch ein Wunder durch die Lappen gegangen: durch die tarnfarbenen *Ein-Strich-kein-Strich*-Lappen, wie die Felduniform der NVA im Volksmund genannt wurden. Offiziell war ich, als ich hätte zum Grundwehrdienst einrücken müssen, außer Reichweite: in Leningrad. Ich war also aus der Schusslinie und wurde somit erst einmal ausgemustert – und das, wie sich später herausstellte: für immer. (Die NVA: eine wichtige, eine prägende Nicht-Erfahrung in meinem Leben, die ich auf gar keinen Fall missen möchte!)

Wir hatten nun zwar ein Auto – die Bezeichnung »fahrbarer Untersatz« beschrieb die Sache mehr als ausreichend –, somit also auch ein Dach überm Kopf (himmelblau sogar!), darunter aber war es eng und, als der Winter kam, sehr kalt. Die Wohnungsfrage trat daher entschieden auf den Plan.

Was ich an Claudia immer bewundert habe: ihr Organisationstalent. Sicher hing das mit ihrem Beruf zusammen. Natürlich hatte sie da jede Menge Beziehungen.

Wie oft hat man später die irrige Annahme gehört und

korrigieren müssen, dass es, von Westreisen abgesehen, im Ostblock ohne Probleme möglich gewesen sei, *überall* hinzufahren. Schon rein rechnerisch gesehen war das falsch. Wenn lediglich die Hälfte der Welt zum Verreisen zur Verfügung stand, die Touristen sich also nicht über den ganzen Erdball verteilen konnten, dann wurde es, was Urlaubsplätze betraf, knapp mit dem Platz, genauer gesagt: Er halbierte sich.

Eine Ferienunterkunft an der Ostsee zu bekommen, im Riesengebirge oder vielleicht sogar in Varna, am Schwarzen Meer, das war eine nervenaufreibende Angelegenheit, und das Aufregendste an so einer Reise war meistens das Bangen, ob sie überhaupt je zustande kam.

Wenn jemand also im *Haus des Reisens* arbeitete, hatte der (oder eben die) im Verteilsystem des Mangels eine Schlüsselstellung inne – und so kam es, dass eines Tages Claudia im Foyer der Staatsbibliothek auf mich wartete, und was hielt sie da triumphierend in die Höhe?

Ein Schlüsselbund.

Ich glaubte es ja nicht! Und als sie dann sogar von »drei Zimmern« sprach, glaubte ich ihr noch weniger.

Sie stand grinsend vor mir, im blauen Mantel. Manchmal schien es mir, das Flachsblond ihrer Haare sei Ausdruck ihrer Lebenseinstellung.

Die Wohnung lag im zweiten Stock. Das Haus – Baujahr 1908, so stand es in Schnörkelschrift unter einer steinernen Girlande auf dem Emblem über der Toreinfahrt – gehörte zu einem Altbaukarree, das sich im Hinterland der Greifswalder Straße befand, ein paar Minuten vom Volkspark Friedrichshain entfernt.

Obwohl das Viertel unbeschadet den Zweiten Weltkrieg überstanden hatte, sollten die Häuser demnächst abgerissen werden, um Platz für ein innerstädtisches Vorzeigeneubaugebiet zu machen. Deswegen wurden die Wohnungen auch nach und nach, wie es hieß, »leergezogen«, neue Mietverträge wurden nicht mehr ausgestellt. Bei Beginn der geplanten Bauarbeiten sollten die dann noch verbliebenen Mieter automatisch »umgesetzt« werden, das bedeutete: Sie hatten Anspruch auf eine Neubauwohnung draußen in Marzahn, Hellersdorf oder Hohenschönhausen. Mit Fernheizung und, wie es damals hieß, Warmwasser »aus der Wand«. Eine merkwürdige Formulierung, an der ich mich immer wieder stieß: warmes Wasser aus dem *Hahn*, das hätte als Komfort doch schon völlig genügt.

Wie Claudia es eingefädelt hatte, doch noch einen Mietvertrag zu bekommen, obwohl dieser gesamte Wohnkomplex schon längst aus dem Kontingent gestrichen worden war, darüber hüllte sie sich in ein intensives Schweigen; ich rührte nicht daran. Und da das Ganze eine halb legale Angelegenheit war, spielte es auch keine Rolle, ob wir verheiratet waren oder nicht.

Der Auszug aus meinem Parterreverlies in der Ackerstraße dauerte nicht mal einen halben Tag, als Umzugsauto war sogar der Trabant völlig ausreichend; drei Fahrten – und fertig.

»So, ich mach mich jetzt vom Acker, altes Haus«, sagte ich triumphierend. Als die Tür letztmals krachend ins Schloss fiel, war ich erleichtert.

Auch aus dem Lesesaal zog ich aus, meinen Stammplatz dort gab ich auf und begann, zu Hause zu arbeiten.

Zweimal in der Woche, wie gehabt, ließ ich mich in meiner Sektion blicken – einmal zu einem Seminar, einmal zur Bereichssitzung – das war's.

Morgens bezog ich nun mit der Kaffeetasse in der Hand meinen Stammplatz am Fenster. Nach den Jahren, die ich ebenerdig zugebracht hatte, genoss ich den Blick von oben – den Überblick.

Ich beobachtete, wie die Leute zur Arbeit gingen, das beruhigte mich ungemein. Ich versuchte mir vorzustellen, wohin genau sie da unterwegs waren – ob es sich um Kleindarsteller des Lebens handelte, die rechts, wo um die Ecke die Straßenbahnhaltestelle war, nach einer unbekannten Regieanweisung einfach aus dem Bühnenbild verschwanden, oder ob sie vielleicht irgendwo, in einer Fabrik, einem Büro oder einer Behörde, eine große Rolle spielten, von der ich nichts ahnte.

Hatte ich genug gesehen, zog ich den Vorhang, die Gardine, zu und setzte mich an die Arbeit; manchmal noch etwas zerknittert von einem wiederkehrenden Alptraum, der in einer der Kisten aus der Ackerstraße versehentlich hierher mit umgezogen sein musste: *Mein Versuch, mich aus dem Fenster zu stürzen, wie immer endet er tragisch.* – Ich hatte im Traum ganz vergessen, dass ich parterre wohnte.

Anfang 1989, sprich: *fünf vor zwölf*, machte Claudia noch einen wichtigen Karriereschritt, sie wurde »Reisekader«, Dienstreisen ins NSW, also in den Westen, rückten somit in greifbare Nähe. Bis dahin war Reisefreiheit nur immer die Freiheit der anderen gewesen. Deswegen war Claudia auch äußerst skeptisch, als damals der Ruf nach allgemeiner Reisefreiheit immer lauter wurde. Sie hatte sich das hart erkämpft und erarbeitet, und auf einmal sollten alle reisen können – das verstand sie nicht. Das verstand ich.

Dann wieder, Prognose Nr. 2, sah sie auf einmal, falls wirklich ein großer Reiseverkehr einsetzen sollte, völlig neue Perspektiven für sich. Auch das verstand ich.

Zur Demonstration am 4. November auf dem Alex ging ich, obwohl ich es eigentlich vorgehabt hatte, dann doch nicht: Claudia hätte das in den falschen Hals bekommen können, die Rednertribüne war direkt vor dem *Haus des Reisens* aufgebaut worden.

Nach einem halbherzigen Intermezzo im Reisebüro in der Greifswalder Straße machte sich Claudia im Frühsommer 1991 selbstständig. Anfangs, als noch nicht alles über die Reiseportale im Internet gebucht wurde, lief es ausgezeichnet, Prognose 2 schien sich also zu erfüllen.

So blätterte sie sich nun mit ihren Kunden durch die dicken Kataloge voller Skihütten und Ferienwohnungen in eisig sonnigen Winterlandschaften und saß dann, mitten im Hochsommer, schwitzend an den Buchungen für die nächsten Weihnachts- oder Skiferien. Abends kam sie oft spät nach Hause.

Seit unserem Einzug, der inzwischen drei Jahre zurücklag, hatte sich die Szenerie grundlegend gewandelt. Im weißen Fensterrahmen war zwar immer noch dasselbe Bild zu sehen, doch morgens waren in diesem Straßenbild viel weniger Leute unterwegs als früher. Ich fragte mich, wo die nur alle geblieben waren?

Die einzig verlässliche Konstante: Herr Pohl, aus dem Seitenflügel. Jeden Morgen sah ich ihn zur selben Zeit aus dem Haus gehen. Darauf war Verlass, und daran hatte sich auch nach 89 nichts geändert.

Nachdem Frau Vogel, erster Stock links, mitbekommen hatte, dass ich zu Hause arbeitete, brauchte sie immer mal was (Filtertüten, Zucker, Eier – vor allem aber wohl: das kleine Gespräch unter Nachbarn zwischen Tür und Angel). Am nächsten, spätestens übernächsten Tag brachte sie das Entsprechende zurück, nie ohne ein »kleines Dankeschön«, meist waren das ein paar selbstgebackene Kekse auf einem filigranen Porzellantellerchen mit Papageienmotiv.

Mich störten diese Ablenkungen nicht, im Gegenteil, ich hatte gemerkt, dass mir die Bibliotheksatmosphäre fehlte, das leichte Hintergrundrauschen hatte mir immer geholfen, mich ganz auf meine Arbeit zu konzentrieren.

Frau Vogel lebte schon lange allein. Sicherlich nahm sie deshalb so lebhaft Anteil an den Geschicken der anderen Mieter. Sie wusste da ziemlich genau Bescheid.

Einmal, als sie mich auf den neuesten Stand der in Unordnung geratenen Beschäftigungsverhältnisse unserer Mitbewohner bringen wollte, ich es aber eilig hatte, sagte ich: »Na, wenigstens der Pohl, der geht ja noch jeden Tag zur Arbeit.«

»Arbeit? Ist in diesem Zusammenhang vielleicht etwas übertrieben.« Frau Vogel lächelte vielsagend. »Na, schönen Tag noch«, sie wandte sich um, auf dem Treppenabsatz vor unserer Tür machte sie aber noch einmal halt: »Ich habe nichts gesagt.«

»Ist der nicht irgendwas beim Rathaus?«, fragte ich.

»War«, sagte Frau Vogel, »*war*.«

Vor ein paar Monaten, so erfuhr ich von ihr, war seine Abteilung, in der er über dreißig Jahre gearbeitet hatte, einer Umstrukturierung zum Opfer gefallen. Und er saß auf einmal zu Hause. Aber er konnte doch nicht einfach nur zu Hause herumsitzen! Dort wäre er ja, so Herr Pohl, »nur die Wände hochgegangen«.

Also verließ er früh am Morgen, so wie immer, pünktlich mit seiner braunen Aktentasche unterm Arm das Haus – und ging spazieren. Er lief durch die Stadt. Am liebsten durch Gegenden, in denen ihn niemand kannte. Aber, das merkte er bald, es war gar nicht so einfach, ziellos herumzuspazieren. Wenn alle eilig irgendwohin unterwegs waren, stand man oft nur im Weg herum.

So war er auf die Friedhöfe geraten. Dort fiel es nicht auf, wenn er langsam, gemessenen Schrittes die Alleen oder die schmalen, efeuumrankten Pfade entlangging. Er konnte auch einen halben Tag lang auf einer Bank sitzen und seinen Gedanken nachhängen, ohne dass sich jemand darüber wunderte. Friedhofsruhe, die er genoss – in aller Stille.

Sah er irgendwo eine Bepflanzung vertrocknen, nahm er eine Gießkanne vom Hängegestell und bewässerte das dürre Gesträuch; eine kleine Handreichung zwar nur, doch so fühlte er sich dazugehörig. Er konnte sich nützlich machen.

Dann jedoch, eines Tages, passierte ihm etwas Seltsames.

Unter dem Siegel strengster Verschwiegenheit erzählte Frau Vogel mir nun, was ihr Herr Pohl neulich, als er abends bei ihr in der Küche bei einem Weinbrand gesessen hatte, natürlich ebenfalls unter dem Siegel strengster Verschwiegenheit, anvertraut hatte.

Pohl sei wie immer auf einem Friedhof gewesen, diesmal in Weißensee. Es hatte begonnen zu regnen, und er wollte schon nach Hause gehen, er stellte sich nur noch einmal kurz unter dem Vordach der Friedhofskapelle unter, wo sich eine kleine, sehr übersichtliche Trauergemeinschaft versammelt hatte.

»Bitte«, sagte der Friedhofsangestellte, mit der Hand machte er unmissverständlich ein Zeichen, endlich einzutreten, Herr Pohl sah sich um – er war der Letzte, *er* war gemeint. Wenig später wurde leise die Tür hinter ihm verschlossen. Die Musik setzte ein, Herr Pohl setzte sich ganz nach hinten. Er war im Trockenen.

Und danach wollte er natürlich sofort verschwinden.

Aber es hätte seltsam ausgesehen, wäre er nach der Trauerfeier nicht auch noch mit zur Urnenbeisetzung gegangen. Inzwischen hatte es auch aufgehört zu regnen.

»Kannten Sie ihn denn gut?«, fragte ihn mitfühlend am frischen Grab ein untersetzter Mann, lange schüttelte er Pohls Hand. Gerade hatte Herr Pohl so viel über den Verstorbenen gehört, dessen Bild stand ihm noch deutlich vor Augen – da konnte er jetzt nicht einfach *Nein* sagen, das wäre nicht richtig gewesen. Er machte eine unbestimmte Geste: »Wie man's nimmt.«

»Sie kommen doch noch mit ins *Heidekraut*?« (das nahegelegene Friedhofsrestaurant), das war jetzt keine Frage, sondern eine Bitte, fast eine Aufforderung.

Pohl lehnte zwar höflich ab, aber davon wollte niemand etwas wissen, wo er doch nun schon extra zur Feier gekommen war ... Die kleine Trauergesellschaft schien froh zu sein, als er sich ihr anschloss, offenbar waren viel weniger gekommen als erwartet.

Beim Essen saß er neben einem Verwandten des Verstorbenen, dem Cousin aus Greifswald.

»Sie sind ein Bekannter?«, fragte der, nachdem er sich vorgestellt hatte.

Er ahnte, dass der Cousin nun höflicherweise nachfragen wollte, woher sie sich kannten – doch dem kam er zuvor, leise, in die Stille hinein, sagte er: »Kurt war ein guter Freund.«

»Entschuldigen Sie bitte, Herr ... Pohl, Ihr Name, der sagt mir im Moment nichts. Aber in letzter Zeit, da hatte ich – leider, wie ich heute sagen muss, leider – nur sehr wenig Kontakt mit Kurt.«

»Ich auch nicht.« Und dann fügte Herr Pohl fast unhörbar hinzu: »Ich kannte ihn ... noch von früher.« Gut, »früher«, das war ein weites Feld – und sicher unverfänglich.

»Ach ja.«

»Ja. Da hat er mich mal aus einer ganz blöden Situation rausgehauen.«

»Davon hat er nie was erzählt!«

»So war er eben, der Kurt«, Herr Pohl musste schlucken. »Das war seine Art, immer ganz bescheiden. Mit seinen guten Taten, da wollte er nie auftrumpfen.« Er nickte traurig in sein Glas und nahm noch ein belegtes Brötchen vom Teller, der herumgereicht wurde. »Und er war verdammt großzügig, oh ja.« Er biss kräftig ab. Der Cousin legte ihm vorsichtig die Hand auf die Schulter.

Ein anderer Verwandter, der gegenübersaß und zugehört hatte, lächelte ungläubig: »Ach! So kannten wir den Kurt ja gar nicht. – Mensch, wisst ihr noch«, fragte er laut in die Runde, »Kurts Siebzigster, und wie er uns da alle groß eingeladen hat ins Restaurant, aber die Getränke, die musste dann am Schluss jeder selbst bezahlen …«

Verhaltenes Lachen, trotzdem, man stieß auf Kurt an.

So oder so ungefähr jedenfalls – die Einzelheiten malte ich mir natürlich selbst aus, um ein farbiges, lebendiges Bild vor Augen zu haben – erzählte Frau Vogel mir diese Geschichte, die mir danach nicht mehr aus dem Kopf ging.

Immer wenn ich Herrn Pohl nun morgens das Haus verlassen sah, schaute ich ihm hinterher, bis er am Ende der Straße verschwand. Sicher zog er wieder los, um ungestört einen ruhigen Tag irgendwo auf einem Friedhof verbringen zu können.

Setzte ich mich dann an meine Arbeit, saß ich schon nach kurzen Augenblicken wieder fest. Die Formeln, die ich am Vortag ordentlich aufgeschrieben hatte, strich ich eine nach der anderen ordentlich, aber energisch durch, weil mir auf einmal klar geworden war, dass ich auf den dreihundert engbedruckten Seiten meiner Habilitation das Entscheidende über die Fiktionen, über das »Reich des Unmöglichen«, doch nicht herausgefunden hatte.

Das Unmögliche wirklich zu denken, hatte sich im Einzelnen immer wieder als extrem schwierig, wenn nicht sogar, zumindest für mich, als unmöglich erwiesen – so wie man sich eben auch das Unvorstellbare nur sehr schlecht vorstellen kann. Das Unmögliche existierte ja nicht nur einfach nicht, es war vielmehr absolut unmöglich, dass es überhaupt jemals existieren konnte.

So hatte ich in einem ersten Schritt versucht, wenigstens all das aufzufächern, was zwar grundsätzlich nicht unmöglich – also möglich – war, sich aus verschiedenen Gründen aber so nicht realisiert hatte. Damit war zunächst das weite Feld der Möglichkeiten abgeschritten. In einem weiteren Schritt hatte ich nun zu dem gelangen wollen, was *niemals* gewesen sein konnte, was also schlichtweg unmöglich war.

Irgendwo auf diesem Weg war ich steckengeblieben.

Ich schloss die Augen und dachte an Samuel Johnson. Der hatte 1775 die Imagination (die kleine Schwester der Fiktion!) als »die Kraft, ideale Bilder zu formen; die Kraft, abwesende Dinge gegenwärtig zu machen« bezeichnet.

Genau! Das und nichts anderes hatte Herr Pohl ja gemacht, als er zufällig in diese Trauergesellschaft geraten war und, um seine Anwesenheit dort zu rechtfertigen, sich den »abwesenden« Kurt zu vergegenwärtigen hatte.

Dieser »Kurt« aber war für Herrn Pohl nicht, so wie für alle anderen Trauergäste, einfach nur »abwesend« (und das inzwischen sogar für immer), nein, im Unterschied zu ihnen hatte Herr Pohl »Kurt« ja *niemals* erlebt. Es gab daher für Herrn Pohl, zumal in dieser sehr speziellen Situation als »blinder Passagier« bei der Trauerfeier, keine andere Chance, als sich auf dem Wege der »reinen Fiktion« diesem Kurt zu nähern. Aus verständlichen Gründen hatte er ja die anderen Trauergäste auch schlecht um Informationen bitten können.

Wie nun aber, überlegte ich weiter, wenn man das nicht dem Zufall überließe, sondern gezielt vorginge? Ließe sich auf diese Weise nicht ganz praktisch viel mehr über das Wesen und die Wirkungsweise der Fiktion erfahren, als ich das in der Theorie je am Schreibtisch vermocht hätte?

Es war ein reines Gedankenmodell, Modell P., wie ich es naheliegenderweise nannte, kein Geschäftsmodell natürlich, obwohl es zu dieser Zeit so viele verrückte Geschäftsideen gab, dass man sich eigentlich *alles* hätte vorstellen können.

So hatte ich von jemandem gehört, der über Land gefahren war und mit einem Presslufthammer die Wände leerstehender LPG-Kuhställe zerkleinert hatte. Die bröseligen Betonstücke kamen in kleine Gläser und wurden auf Flohmärkten als »Bruchstücke der Berliner Mauer« teuer vertickt. Zusammengesetzt ergäben diese Teile wahrscheinlich eine Strecke bis zum Mond und wieder zurück, wodurch die Berliner Mauer postum also immer weiter gewachsen war.

Und auf ganz ähnliche Weise funktionierte Modell P.

Ging man nun also systematisch nach diesem vor, konnte man sich, 1., an Schaukästen vor Ort oder auch im Lokalteil der Zeitungen zunächst bequem über anstehende Beerdigungstermine informieren.

War man dann, 2., auf dem Friedhof, war man unter Menschen, schon mal nicht schlecht – selbst, wenn die jeweilige Hauptperson des Tages nicht mehr allzu viel zum

Gelingen des Ganzen beitragen konnte. Die lächelte zwar nach wie vor zuversichtlich, war inzwischen jedoch unwiderruflich schwarz eingerahmt.

Aber man selbst konnte ja in diesem Fall etwas beisteuern, einfach durch die pure Anwesenheit, die überraschend war und die den Hinterbliebenen die Botschaft vermittelte: *Ihr kanntet ihn/sie vielleicht doch nicht bis in den letzten Winkel.* Sagte man etwas, hörten einem die Angehörigen sicher aufmerksam zu. Und je weniger man sagte, desto besser, desto interessanter war man wahrscheinlich für die anderen – der große Unbekannte, der da aufgetaucht war und den es in jedem Leben gab. Das Wort »Trauerarbeit« bekam hier einen ganz neuen Sinn: Im Nachhinein, wenn schon alles gelaufen zu sein schien, konnte man doch noch etwas tun, an der Vergangenheit arbeiten, Sachen geraderücken.

Natürlich, man musste aufpassen, dass man bei seinen Erzählungen nicht zu sehr ins Detail ging, das konnte gefährlich werden. Zwar lieferte eine Trauerrede zweifellos wertvolle Anhaltspunkte, es wäre aber verdächtig, würde man sich da Notizen machen.

Manchmal, um die Fiktion zu retten, waren auch riskante Ausweichmanöver unumgänglich. In solch einer Situation, in der man sich an den eigenen Haaren aus dem Sumpf des 1+1=2 ziehen musste, konnte man – und jetzt kam 3. – mit Sicherheit sehr viel mehr darüber erfahren, wie Fiktionen funktionierten als in jeder noch so ausgeklügelten Theorie.

Aber so wichtig waren die Details ja gar nicht! Wenn man die alte Lateinermaxime *De mortuis nil nisi bene* –

»Über die Toten soll man nur gut sprechen« – in die Tat umsetzen wollte, war es sicher von Vorteil, nicht *alles* zu wissen.

So oder so, es wäre ein kühner Aufbruch ins Unbekannte gewesen, selbst wenn das in der Vergangenheit lag, genauer gesagt: in der vollendeten Vergangenheit.

Sonst, wenn ich mich umsah, war so vieles beim Alten geblieben. Ich sah damals keine »Wende«, schon gar keinen Wandel, sondern nur eine Kontinuität, die ewige Wiederkehr des Immergleichen.

Ich fand es scheinheilig oder doch wenigstens naiv, wenn man völlig erstaunt darüber war, dass etwa ein früherer hoher Parteifunktionär plötzlich als Immobilienfuzzi auf den Plan trat.

»Was für eine Kehrtwende!«, hörte ich entrüstete Rufe. Nein, dachte ich, was für eine naheliegende Kontinuität.

Früher hatte das ganze Land den Funktionären gehört, Wald und Feld (nicht zu vergessen: die riesigen Staatsjagden, wo ganze Rudel von Hasen, die natürlich von nichts etwas gewusst hatten, zur Strecke gebracht worden waren). Und nun? Die Zeichen der Zeit erkennend, funktionierte der Funktionär jetzt eben im neuen System, hatte sich vernünftigerweise spezialisiert und beschränkte sich darauf, nur die lukrativsten Teilstücke der Landesimmobilie meistbietend zu verhökern.

Und dass jemand, der bei den Sicherheitsorganen seinen Dienst geleistet hatte, neuerdings in Versicherungen machte oder im Securitybereich tätig war, also im weitesten Sinne nach wie vor einer Tätigkeit im Dienstleistungsbereich nachging – was, bitteschön, war denn daran nicht folgerichtig? Früher als Kundschafter an der unsichtbaren Front im Einsatz, konnte er jetzt, bei guter Führung, einen brauchbaren Warenhausdetektiv abgeben, der nun, wieder unsichtbar, die Kundschaft eines Warenhauses fest im stahlgrauen Blick hatte.

Selbst bei den Dissidenten sah ich, wie sie nach einer gewissen Orientierungsphase, nach einigem Stühlerücken an runden Tischen, ihren guten alten Stammplatz einnahmen und wieder das waren, was sie schon immer gewesen waren: *dagegen*, Opposition, die eingeübte Rolle.

Zeigte, im Unterschied dazu, das Modell P. nicht die ungeheure kreative Kraft der Fiktion?

Und das war natürlich etwas ganz anderes als die kleinen Tricksereien, mit denen sich damals viele ihre eigene Heldenbiografie zusammenfantasierten. Es ging darum, einer verborgenen Wahrheit ans Licht zu verhelfen.

»Herr P. macht das Unmögliche wahr, während die anderen das Wahre unmöglich machen.« So notierte ich es mir eines Tages, vielleicht etwas kurzschlüssig, unter der provisorischen Bezeichnung *Münchhausen-Prinzip*.

Abends im Bett blätterte Claudia sich oft durch dicke Ferienhauskataloge, die sie aus ihrem Büro mitgebracht hatte, das gehörte zu ihrer Arbeit. Manchmal hielt sie einen der bunt glänzenden Wälzer aufgeschlagen in meine Richtung, tippte mit dem Zeigefinger auf ein besonders attraktives oder preisgünstiges Angebot und sah mich fragend an.

Stumm, den Bleistift im Mund, nickte ich ihr zu, ein kurzer Seitenblick nur, dann las ich weiter, versuchte mich wieder ganz auf das Buch zu konzentrieren, das ich in den Händen hielt und dessen Rezension längst überfällig war.

Ihre Eltern verschärften die Situation zusätzlich, indem sie von überallher, aus fast jeder Ecke der Welt, bunte Ansichtskarten schickten – eine üppig wachsende Galerie rauschender Palmen und weißer Sandstrände an der Pinnwand über unserem Berliner Küchentisch –, sodass ich fast ein Komplott zwischen ihnen und Claudia vermutete.

Claudias Blicke schweiften beim Frühstück immer wieder gedankenverloren in die postkartenblaue Ferne.

Aber zum Verreisen war ich einfach nicht zu bewegen. Seit ich meine Habilitation verteidigt hatte, die eigentlich der Anfang einer wissenschaftlichen Karriere hätte sein sollen, war ich aus so ziemlich allem raus. Einziger Lichtblick am Horizont: Vage zeichnete sich eine Vertretungsstelle ab, die Professor Breitenbach für das Herbstsemester organisiert hatte; das erste Mal, dass ich eine Gastprofessur innehaben würde, und auf die musste und wollte ich mich nun vollauf konzentrieren.

Reisefreiheit, das setzte ich Claudia einmal auseinander, und ich setzte mich dazu sogar im Bett auf, um der Sache den richtigen Nachdruck zu verleihen, hieß ja nicht, dass man unbedingt verreisen *musste*. Man konnte, ja, aber – und das war das Entscheidende – man musste nicht.

»Manchmal besteht die Freiheit einzig und allein darin, Nein zu sagen.«

»Ja«, sagte Claudia, sie löschte das Licht.

Parallel atmeten wir in die Dunkelheit, die unendlich war. Wir lagen nebeneinander, zwei Geraden im Doppelbett, die sich nicht schnitten.

Schon seit Längerem bestand, was Claudia betraf, damals übrigens der Verdacht der Untreue, zwar nur ein Anfangsverdacht, und der Beweis stand noch aus – trotzdem.

»Du siehst Gespenster«, sagte Claudia nur, als ich sie einmal zur Rede stellte.

»Ja, stimmt.«

»Hans-Peter«, dieses Phantom, hatte ich zwar nur ein einziges Mal gesehen, doch das hatte genügt, um mir ein Bild von ihm zu machen: ein Phantombild. Fast zwei Meter groß, nein: hoch (von Größe in diesem Zusammenhang keine Rede!), im sonnengebräunten Gesicht ein lässiges sportliches Dauergrinsen, das zwei Reihen makellos weißer Nussknackerzähne freilegte – absolut beneidenswert dieses Gebiss und zugleich: absolut abstoßend.

Mit einem winzig kleinen Rollkoffer (kaum größer als eine Aktentasche), dessen ausgefahrener Griff an seiner rechten Hand festgewachsen zu sein schien, hatte ich ihn eines Tages aus Claudias Reisebüro kommen sehen. Er hatte noch einmal durch die Scheibe gewinkt und ... hatte ich da nicht sogar eine übermütig hingepustete Kusshand gesehen?

Jedenfalls, Herr Luftikus war in Uniform erschienen, stahlblau, mit Goldlitzen unten an den Jackenärmeln. Dieser Überflieger und Bruchpilot, der früher bei der *Interflug* gewesen war, hatte inzwischen bei einer anderen Fluggesellschaft angeheuert. (Es war ja wohl kaum ein Zufall, dass sich im *Haus des Reisens* auch die Büros der *Interflug* befunden hatten ... Die ganze Sache hatte wohl schon eine längere Vorgeschichte.)

Wenn ich mir Claudia an seiner Seite vorstellte, was ich seitdem ziemlich oft tat, musste ich mir eingestehen: Die beiden passten zueinander, wirklich, sie waren so etwas wie ein ideales Paar – wobei in dieser Kombination eine Seite von Claudia ans Licht kam, die ich bisher immer übersehen haben musste oder nicht hatte sehen wollen.

Die Beziehung zu Claudia war für mich zu einer Gleichung mit einer Unbekannten (mit einer blonden, überaus schönen Unbekannten!) geworden, die ich einfach nicht lösen konnte.

Einmal, spätabends, erspähte ich vor unserem Haus, unten an der Ecke im absoluten Halteverbot, einen silbergrauen Golf: laufender Motor, Standlicht. Der Fahrer stieg nicht aus, natürlich nicht, sofort hätte ich ihn ja erkennen, identifizieren können. Er blieb einfach sitzen, im Schutze der Dunkelheit. Am liebsten hätte ich diesen Kerl – Halteverbot! – abschleppen lassen. Ich war mir sicher, das war Hans-Peter. Wer sonst! Und was wollte der hier? Claudia abschleppen, was sonst.

Unser Haus wurde dann doch nicht abgerissen, sondern von Grund auf saniert oder, um es kurz und knapp mit den Worten des Bauleiters zu sagen: »Allet, Herrschaften, det volle Programm! Jasss, Wasser, Scheiße.« Elektrik natürlich auch. Vom Keller bis zum Dachboden. Claudia zog in dieser Zeit zu ihren Eltern, wie sie sagte. Ich hielt die Stellung, harrte aus: ein Dreivierteljahr lang Leben im Staub und Lärm einer Baustelle, in Gesellschaft wilder, stets wechselnder Handwerkertrupps.

Tagsüber bezog ich wieder mein altes Ausweichquartier, die Staatsbibliothek; es war ein Rückzug in gute alte Zeiten. Kam ich abends »nach Hause«, lag auf allem eine hauchzarte Staubschicht, die ich aber nicht anrührte, da ich sonst riskiert hätte, überall meine Fingerabdrücke zu hinterlassen. Morgens, wenn ich mich an den Bauarbeitern vorbeiquetschte und das Haus verließ, knurrte ich ingrimmig: »So, Leute, ich mach mich jetzt aus dem Staub.«

Als Claudia wieder einzog, merkten wir, wie fremd wir uns inzwischen geworden waren.

»Und«, das fragte ich sie einmal ganz beiläufig mitten in einem Gespräch, »was macht eigentlich dein ... dein Pilotprojekt?« Noch während ich das fragte, merkte ich, das war jetzt, einschließlich meines blöden Grinsens, ein Fehler. Aber ich wollte, ich musste einfach wissen, was der aktuelle Stand ihrer Verhältnisse war, wenn wir hier weiterhin zusammen wohnen wollten, also: mehr oder weniger zusammen.

Verständnislos sah sie mich an, dann wandte sie sich kopfschüttelnd ab und verließ mein Zimmer.

Es war dann nur noch eine Frage der Zeit, bis sie ihre Koffer packte, genauer gesagt: ihren Schrankkoffer und die blaue Reisetasche, und nicht nur aus meinem Zimmer, sondern auch aus unserer Wohnung und schließlich aus meinem Leben verschwand.

FRAU VOGEL
HATTE WIEDER EINMAL
einen Stapel Büchersendungen für mich entgegengenommen und mir die Päckchen am frühen Abend feierlich, wie ein persönliches Geschenk, an der Wohnungstür überreicht.

Nachdem ich mich bei ihr bedankt hatte und sie noch den obligatorischen Kontrollblick in meinen dunklen Flur geworfen hatte, um sich zu vergewissern, ob inzwischen wieder jemand bei mir eingezogen war (oder eben nicht), hatte ich die Tür sanft ins Schloss gedrückt, war ins Zimmer gegangen und hatte die braunen Papphüllen aufgerissen.

Die unverlangt eingegangenen Bücher sortierte ich sofort aus und legte sie auf einem Extrastapel ab. Ausschau hielt ich vor allem nach jenen Rezensionsexemplaren, die ich auch wirklich bestellt hatte und die für eine Besprechung in *Minervas Eule* in Frage kamen.

Erstaunt betrachtete ich ein schmales schwarzes Büchlein, das ich zuletzt aus einem der Umschläge gezogen hatte, merkwürdig schon der Titel: *Ich dachte, sie finden uns nicht*. Es war nicht in einem der einschlägigen philosophischen Fachbuchverlage erschienen, sondern in einem Kölner Verlagshaus, das meines Erachtens eher für Belletristik zuständig war.

Schon wollte ich es ebenfalls beiseitelegen, da flatterte mir ein Briefumschlag entgegen, und als ich das hellblaue Kuvert öffnete: ein Foto! Das Bild stand mir sofort wieder vor Augen: Frau Uphaus und ich – einträchtig vor der Siegessäule. Die Erinnerung an Isabell und das Hotel *Dekabrist* waren zwar keineswegs verblasst, aber nach mehr als drei Jahren war aus Isabell für mich wieder ganz offiziell Frau Uphaus geworden.

Das beiliegende Foto, so las ich in ihrem Brief, sei ihr neulich beim Aufräumen zufällig in die Hände gefallen, ob ich mich noch daran erinnere?

Ich schüttelte den Kopf: So was vergisst man doch nicht.

Und weil sie mich in ihrem Brief mit *Du* angesprochen hatte, ging auch ich in unserer stummen Zwiesprache, über die zierlichen Zeilen gebeugt, jetzt wieder unauffällig zum *Du* über: Isabell …

Da das Foto zur Hälfte aus mir, also aus meinem Konterfei, bestehe, stehe mir wegen der persönlichen Bildrechte natürlich auch ein Abzug davon zu.

Und das Buch?

Das hatte sie neulich zufällig entdeckt. Der Autor, dessen Name mir nichts sagte, hatte von 1973 bis 1978 Philosophie im damaligen Leningrad studiert – und gerade darüber, wie es eigentlich gewesen wäre, hätte man tatsächlich fünf Jahre dort gelebt, hätten wir uns doch damals mehr als einmal unterhalten, schrieb sie.

Ja, daran erinnerte ich mich.

Besonders die letzte Erzählung in dem schmalen Bändchen empfahl sie mir: *Stein*.

Sie handelte von dem Ostberliner Diplom-Labyrinthiker Anselm Stein, der in der Staatsbibliothek Unter den Linden, die wir ja beide, Isabell und ich, sehr genau kannten, in einer alten St. Petersburger Zeitschrift aus dem Jahre 1903 einen Aufsatz über das Labyrinth auf Kreta entdeckte. Mehrfach sei in dem Text unkommentiert ein Zeichensymbol abgedruckt gewesen, das man wohl bisher lediglich als ein kretisches Ornament angesehen habe.

Die wiederkehrende Folge von Dreieck Strich Viereck Strich Pentagon ließe sich jedoch, so der staunende Stein, auch arithmetisch als Zahlenfolge 31415 interpretieren. Die irrationale Zahl Pi – die Konstante zur Kreisberechnung!

Das wahre Labyrinth: also gar kein verschachtelter Kasten aus Gängen, Irrgängen, Sackgassen und Wänden, vor denen wir immer wieder verzweifelt stehen, weil es nicht weitergeht, sondern nichts anderes als ein simpler Kreis, in dem wir uns bei unserem Rundgang durch die Welt zwar unverdrossen fortbewegen können, aus dem wir aber nie im Leben herauskommen.

Entschuldige, schrieb Isabell, *aber dieser Mann hat mich sehr an Dich erinnert*.

Was? Ich hatte absolut keine Ahnung, was sie damit meinte. Vielleicht, dass auch ich Gefangener eines Labyrinthes sei? Und das nicht nur in den steinernen Wänden der Staatsbibliothek, sondern womöglich auch im ewigen Kreisgang meines Lebens und es bloß noch nicht mitbekommen hätte? Wer weiß. Aber so gut kannte sie mich doch gar nicht.

Verwundert las ich den Text, den ich bisher nur überflogen hatte, noch einmal – diesmal gründlich.

Da Isabell als Lektorin wahrscheinlich gar nicht anders konnte, als mit einem Bleistift in der Hand zu lesen, gab es jede Menge kleinerer Anmerkungen und Anstreichungen, insbesondere im Hinblick auf die Grammatik und unklare Formulierungen.

An einer Stelle aber, nämlich dort, wo der Ostberliner Stein sich akribisch, natürlich ohne jede Aussicht auf Erfolg, auf eine Dienstreise nach Kreta vorbereitete, hatte sie ein rätselhaftes *15 m!* an den Rand geschrieben.

Achselzuckend klappte ich das Buch zu und legte es beiseite. In meinem Antwortbrief bedankte ich mich für das Buch und, speziell, für das Erinnerungsfoto. Unter Anspielung auf den Titel des schmalen Bändchens teilte ich ihr mit, dass sie mich gerade noch rechtzeitig »gefunden« habe. Demnächst würde sich meine Adresse ändern, dann wäre ihre Sendung wahrscheinlich mit dem Vermerk *Empfänger unbekannt* zurückgekommen.

Ich war damals dabei, mich nach einer anderen Bleibe umzusehen. Nachdem Claudia aus unserer gemeinsamen Mietwohnung gewissermaßen *ausgeschieden* war, konnte ich mir auf längere Sicht den Luxus einer Dreizimmerwohnung nicht mehr leisten. Es hatte ja nicht nur die dringend notwendige Komplettsanierung des Hauses gegeben, sondern darüber hinaus auch eine Modernisierung (Bäder, Gegensprechanlage, Fahrstuhl), die dann direkt auf die Miete umgelegt worden war.

Um mich für das Buch zu revanchieren, legte ich Isabell noch den Sonderdruck eines gerade erschienenen Artikels bei, *Zu einigen Fragen der dreiwertigen Logik unter besonderer Berücksichtigung ...*, und wünschte ihr frohe Weihnachten.

Eine Antwort darauf bekam ich nicht.

Na klar, dachte ich, als ich wieder einmal vergeblich den Briefkasten hatte leeren wollen (der aber schon seit Tagen auf eine geradezu störrische Art leer geblieben war), was für eine blöde Idee auch, ihr einen Artikel zu schicken, mit dem sie sowieso nichts anfangen konnte.

Einmal, mitten in der Nacht, schreckte ich hoch: *15 m!* ...? Aber ja doch, natürlich: Peterhof! Das also hatte sie sich gemerkt, das war ihr von mir in Erinnerung geblieben, wie ich da versucht hatte, mit meinem angelesenen Reiseführerwissen Punkte bei Tamara zu machen. Ich erinnerte mich wieder daran, wie genervt Isabell mich damals von der Seite angeblickt hatte. Auf einmal fühlte ich mich von ihr erkannt, durchschaut, lange konnte ich nicht mehr einschlafen.

Anfang des neuen Jahres, als ich schon nicht mehr damit gerechnet hatte, klingelte eines Abends das Telefon.

Wir trafen uns in Friedrichshain, in einer kleinen Eckkneipe.

Isabell war tagsüber unterwegs gewesen, um sich Wohnungen anzuschauen. Ihr Hamburger Verlag war gerade dabei, in Berlin eine Dependance zu eröffnen, Isabell gehörte zu jenem Teil des Lektorats, der mit umziehen sollte.

Hier wird Dart gespielt stand auf dem Blechschild, das zwischen den gerafften vergilbten Gardinen im Fenster hing. Mit einem versifften Kupferkettchen, an dem Staubflusen klebten, war es an einer Gardinenstange befestigt, die in ihrem früheren Dasein, lange vor diesem Lotterleben hier, nichts anderes als ein gewöhnlicher Besenstiel gewesen war.

Es roch in dieser Räuberhöhle, die sich aus dem vergangenen Jahrhundert in die Jetztzeit herübergerettet hatte, nach Bier und Rauch – als gesundheitsfördernder Ausgleich hingen dafür an der Decke Fernsehapparate, in denen ein Sport-Bezahlsender stumm sein buntes Angebot an bewegten Bildern ablieferte.

Als wenig später Isabell kam und – nach einem kurzen, aber harten Boxkampf mit dem Filz des widerspenstigen Windfangs – in der Kneipe stand, sprang ich sofort auf und hätte dabei beinahe den winzigen runden Tisch umgerissen, ich konnte gerade noch mit links die kleine Vase auffangen, sie wieder an ihren Platz stellen und mit rechts Isabell zuwinken.

Sie lächelte mir aus dem blauen Dunst der Ferne zu. Wir begrüßten uns wie zwei alte Bekannte, so als hätten wir uns erst kürzlich gesehen.

Sie bestellte ein stilles Wasser.

Stille Wasser ... dachte ich und betrachtete geistesabwesend die Sprudelbläschen, die nervös in meiner Selters aufstiegen.

Isabell hatte die Immobilienbeilagen zweier Hauptstadtzeitungen mitgebracht. Da sie sich in Berlin nicht auskannte, hatte sie mich am Telefon um dieses Treffen gebeten, um bestimmte Bezirke von vornherein ausschließen zu können. Vor ein paar Wochen war sie schon einmal in Berlin gewesen und dabei in derart abgelegene Vorortwohngebiete geraten, dass sie am Abend fast den letzten ICE nach Hamburg verpasst hätte.

Sie rutschte zu mir herüber, damit wir zusammen die Anzeigenseiten durchgehen konnten. Es war fast wieder so wie damals im Touristenbus, als wir gewohnheitsmäßig nebeneinandergesessen hatten. Mit den Wohnungen aber war es immer das Gleiche: entweder zu weit draußen oder zu teuer.

»Das wird doch nie was«, stöhnte Isabell. Inzwischen war sie zum Wein übergegangen. Sie nahm einen tiefen Schluck. »Kopfschmerzen«, sagte sie, »habe ich sowieso schon, wenn ich bloß daran denke.«

Auch ich sah diesbezüglich meine Felle davonschwimmen; ich hatte es mir wesentlich einfacher vorgestellt, eine kleinere, preisgünstige Wohnung für mich zu finden. Die plausible Rechnung: weniger Quadratmeter = geringere Miete, schien in Berlin, das gerade zu boomen begonnen hatte, nicht mehr aufzugehen.

Als ich Isabell sagte, wieviel Miete ich inzwischen bezahlte, und eigentlich damit rechnete, dass sie fassungslos den Kopf schütteln würde, sah sie mich nur verwundert an: Im Vergleich zu Hamburg, sagte sie, sei das doch spottbillig.

Außer zwei stummen Biertrinkern, die andächtig nach oben blickten, um das aktuelle Sportgeschehen zu verfolgen, waren Isabell und ich die einzigen Gäste des Lokals. Deshalb spielte im Moment auch niemand Dart. Aber die Scheiben an der hinteren Wand – das sah ich auf dem Weg zum WC – waren allesamt mit Pfeilen fein säuberlich mitten in ihr faseriges Sisalherz getroffen worden.

Als ich mir auf dem WC die Hände abtrocknete, kam ich plötzlich auf eine, wie ich fand, verblüffend einfache Lösung des Wohnungsproblems.

Zurück am Tisch, schlug ich Isabell vor, bis sie etwas Eigenes gefunden hätte, vorübergehend bei mir einzuziehen. Sie überlegte kurz, zögerte – dann war sie, sicher auch wegen der aktuellen Lage auf dem Wohnungsmarkt, einverstanden. Während ihres Studiums und auch noch ein paar Jahre danach hatte sie in einer WG gelebt. Ich selbst hatte damit zwar keinerlei Erfahrungen, aber egal, es kam auf einen Versuch an. Auf einem Bierdeckel zeichnete ich ihr den Grundriss der Wohnung auf.

»Und was streichst du da durch?«, wollte Isabell wissen.

»Das? Ach nein, das ist nicht durchgestrichen, sondern nur schraffiert«, erklärte ich ihr. Es war das Schlafzimmer, links, am Ende des Flurs, das in meiner Skizze zu einem nicht näher bezeichneten Quadrat geworden war, das ich hinter den Gittern schwarzer Schrägstriche zum Verschwinden gebracht hatte.

Wir besiegelten unsere Übereinkunft mit einem Glas Sekt (kein Vergleich zu dem kühl perlenden Krimsekt im Hotel *Dekabrist*!), und ein paar Wochen später zog Isabell bei mir ein.

Bevor wir uns abends in unsere Zimmer zurückzogen, saßen wir meistens noch einen Moment zusammen in der Küche, dem Gemeinschaftsraum, und unterhielten uns –

ganz so, wie man sich das eben in einer intakten WG vorstellte.

»Apropos *Küche*«, sagte Isabell eines Abends, nachdem sie das Geschirr weggestellt und sich umgesehen hatte, ob noch etwas in den Kühlschrank musste, »das Irrste, was ich in diesem Zusammenhang jemals erlebt habe, das war vorletztes Jahr, in Bath.«

»Wo ist das denn?«

»In England. – Ich kam da gerade aus Stratford-upon-Avon.«

»Shakespeare?«, fragte ich.

Sie nickte.

»Dieses Bath jedenfalls, das ist absolut sehenswert. Eine alte Römerstadt mit großen öffentlichen Bädern …«

»*Bath*, ach so, alles klar. – Und, was war dort so irre?«

»Da war ich in einem Museum, das war so ein herrschaftliches Stadthaus. An der Kasse saß ein Männchen in einem Kostüm, originalgetreu 18. Jahrhundert, Silberknöpfe, Schnallen, Kordeln. Der hatte nur noch drei, höchstens vielleicht vier einsame Zähne im Mund. Es war kaum zu verstehen, was er sagte. Na, egal. Am Ende des Rundgangs konnte man in den Keller hinabsteigen und die Küche besichtigen. Kupferschalen, Töpfe, gusseiserne Pfannen, das alles hing an den Wänden oder stand in den Regalen. Und der Boden: steingefliest. Eine offene Feuerstelle. Darüber ein Abzug: rußschwarz.«

Ich nickte ernst.

Schon ewig hatte ich den Filter in der Abzugshaube über dem Herd nicht mehr gewechselt. Claudia hatte das regelmäßig getan, mindestens einmal im Quartal – ich machte mir eine entsprechende Notiz: *Vliesmatte, Drogeriemarkt.*

»Oh, du schreibst sogar mit, was ich sage, das finde ich sehr gut.«

»Nein-nein, das ist was anderes. – Aber ich verstehe nicht, was war denn da nun so besonders an dieser Küche?«

»Dort gab es eine raffiniert ausgedachte, sozusagen eine perfekt perfide konstruierte Maschinerie. Über dem offenen Herdfeuer am Spieß: eine Lammkeule, schön mit Thymian, feingehacktem Rosmarin und abgeriebener Zitronenschale mariniert und, natürlich, mit jeder Menge Knoblauchzehen gespickt. Der Spieß war über eine simple Mechanik mit einem Laufrad verbunden, weißt du, so wie es sie für Hamster gibt.«

»Das klassische Hamsterrad also.«

»Ja, nur hier eben sehr, sehr viel größer, sodass ein ganzer Hund hineinpasste.«

»Ein *Hund* in einem Hamsterrad? Und was ist der Witz dabei?«

»Ganz einfach: Die Lammkeule vor Augen – ach, was sage ich: direkt vor seiner Schnüffelnase –, rast der Hund in seinem runden Drahtkäfig los, das Rad dreht sich, und durch den Mechanismus dreht sich der Spieß über dem Feuer nun ebenfalls mit, ganz synchron, sodass die Keule nicht anbrennt, sondern gleichmäßig von allen Seiten gebräunt wird und immer knuspriger wird, solange der Hund in seiner Tretmühle – ohne je sein Ziel erreichen zu können – der Keule hinterherjiepert.«

»Irre.«

»Und je schneller er läuft, desto besser wird der Braten, von dem er am Ende gar nichts abbekommt.«

»Das ist ja Tierquälerei.«

»Ja, und sogar eine ziemlich clever ausgedachte, findest du nicht? “

»Da ist er also komplett einem Phantom hinterhergejagt.«

»Tja, so ist es, Anton. Rein küchenpsychologisch betrachtet, musst du zugeben, ein hochinteressanter Fall, oder?«

Einen Moment lang überlegte ich, warum Isabell mir diese Geschichte erzählt hatte, ob die eventuell etwas mit mir zu tun haben könnte?

»Und du?«, hörte ich sie fragen. »Verreist du eigentlich noch oft?«

Ich schüttelte den Kopf. Gedankenverloren blickte ich schräg nach oben. Die Ansichtskartengalerie, nachdem sie von mir entfernt und entsorgt worden war, hatte rechteckige Flecken auf der sonnenbeschienenen Korkpinnwand hinterlassen – Schatten einer dunklen Erinnerung.

»Und sonst bei deiner Reise, alles okay gewesen?«, fragte ich sie noch. »Mit ... deinem Koffer, zum Beispiel?«

»Ach so, wenn du das meinst: Nein, kennengelernt habe ich dort niemanden. Es war eine Individualreise. Leider.«

Lange konnte ich an diesem Abend nicht einschlafen. Ich musste an das Schicksal des armen Hundes in England denken. Dann, unvermittelt, sah ich seinen russischen Kollegen, den schlappohrigen Versuchshund aus dem Bildband über Leningrad, auf wackeligen Beinen vor mir stehen.

Ich bin also Student, sitze im Vorlesungssaal und schaue aufmerksam nach vorn, wo der weiß bekittelte Dozent das Handglöckchen bimmeln lässt, um die Pawlow'schen Reflexe zu demonstrieren, und obwohl weit und breit kein Fressen in Sicht ist, tropft der Hundespeichel vorschriftsmäßig in das Reagenzglas, das am Halse dieses herausragenden vierbeinigen Vertreters der Sowjetwissenschaft angebracht ist.

Streng, von der Stirnseite des Saales aus, wo sein Ölbild in einem Goldrahmen hängt, kontrolliert der rauschebärtige Pawlow aus den Glasaugen seiner Nickelbrille den ordnungsgemäßen Ablauf der Vorführung.

Endlich, es ist zwölf Uhr mittags, große Pause.

Der Himmel flimmert, ein paar Wolken ziehen träge vom Meer landeinwärts, stahlgraue Wellen schwappen heran und klatschen gegen die hohen, oben mit schmiedeeisernen Geländern versehenen Ufermauern aus rötlich braunem Granit. Irgendwo bimmelt eine Kirchenglocke, automatisch muss ich schlucken, ich merke, wie nun auch bei mir der Speichel fließt, und mit einer Natascha oder Tatjana oder, warum auch nicht, einer Tamara im Arm, mache ich mich auf Nahrungssuche, steuere die Mensa an, die sich in einem Kellergeschoss befindet und hier *Stolowaja* heißt.

Ein anderes Mal, als wir abends noch in der Küche zusammensaßen, sagte Isabell mir, dass sie leider den Artikel, den ich ihr zum Jahreswechsel geschickt hatte, überhaupt nicht verstanden habe, und sie wollte wissen, woran ich im Moment arbeitete.

Ich war damals gerade dabei, ein paar Resultate meiner Habilitation für einen Artikel zusammenzufassen, der in einem Sammelband zu Ehren Gerhard Gentzens erscheinen sollte. Deshalb versuchte ich nun, ihr zu erläutern, was es mit den Sequenzenkalkülen Gentzen'schen Typs auf sich hatte, speziell, mit der Ersetzung der komplizierten Synthese eines Beweises durch eine einfache Analyse, also die schrittweise Zerlegung des Endergebnisses – ein klassisches heuristisches Verfahren.

»Durch gezielte Eingrenzung des Suchraumes, oft mit Hilfe geeigneter Ausschlussverfahren, erhöht sich die Wahrscheinlichkeit, die Lösung beziehungsweise: das gesuchte Element zu finden.« Ich schaute Isabell ernst an, mindestens ebenso ernst, doch auch ein wenig skeptisch, schaute sie zurück.

»Im Idealfall«, erklärte ich ihr nun, »bei maximaler Reduzierung des Suchraums, der aus n Elementen besteht, auf n=1, sind somit Suchen und Finden«, und jetzt flüsterte ich feierlich, »... identische Vorgänge.«

Zufrieden lehnte ich mich im Küchenstuhl zurück.

Isabell nickte versonnen.

»Verstehe«, sagte sie nach einer Weile, »deshalb hängst du den Wohnungsschlüssel auch immer gleich an das Schlüsselbrett neben der Tür, wenn du nach Hause kommst, stimmt's?«

»Ja ...« Das war mir so noch gar nicht aufgefallen.

Ein paar Tage zuvor hatte es eine verzweifelte Schlüsselsuchaktion gegeben, weil Isabell, als sie vom Einkaufen gekommen war, den Schlüssel »irgendwo« abgelegt hatte. Sie war damit aber in die Wohnung gekommen, hatte mit ihm die Tür aufgeschlossen, also musste er ja da sein, *irgend*wo. Nur: wo?

Als ich ihn dann schließlich nach flüchtiger Durchsicht der Post, um die ich mich während der Suche natürlich nicht hatte kümmern können, unter dem Stapel mit den abgelegten Briefen, der Werbung und den Büchersendungen entdeckte, wollte sie ihn gleich wieder in den unermesslichen Tiefen ihrer Handtasche versenken. Dem kam ich aber zuvor und hängte ihn demonstrativ an das Schlüsselbrett neben der Tür.

Isabell registrierte das so, wie ich es von Claudia kannte: erstaunt, skeptisch, ungläubig.

Im Nachhinein konnte ich mir schon vorstellen, dass Claudia mitunter überfordert damit gewesen sein könnte, mit mir zusammenzuleben.

Manchmal dachte ich sogar: Vielleicht hatte es in ihrem Leben gar keinen Bruchpiloten gegeben, das hatte sie mir gegenüber ja auch immer wieder beteuert. Oder, um es ganz deutlich zu sagen: Während es sich bei Hans-Peter in meinen Augen um eine durch verschiedene Beobachtungen erhärtete Hypothese mit hohem Wahrscheinlichkeitsgrad gehandelt hatte, war er für Claudia lediglich meine pure Fiktion gewesen, ein Hirngespinst.

Hatte der tatsächlich nur in meiner Einbildung gelebt? Und der wahre Trennungsgrund war womöglich gar nicht er gewesen, sondern ich?

»Sag mal, Anton«, fragte Isabell mich an diesem Abend, als ich sie im Flur traf, wo ich noch einmal kontrollierte, ob der Schlüssel auch richtig am Brett hing, »hast du eigentlich manchmal Probleme mit anderen Menschen?«

Ich überlegte. »Nein, glaube ich nicht. Es kommt aber durchaus vor, dass andere Menschen Probleme mit mir haben, das ja.«

»Ach so. – Na dann, gute Nacht!«

Isabell jedenfalls ließ sich auch in Zukunft von meinem durchdachten Ordnungsregime nicht beeindrucken, sie verlegte weiterhin systematisch oder eben ganz nach Gusto ihren Wohnungsschlüssel.

Einmal, bei einer aufwendigen Suche, fand sie zwar nicht den Schlüssel (den entdeckte ich später zufällig auf der Spiegelkonsole im Bad), dafür aber eine Haarspange Claudias und legte sie pietätvoll auf den Küchentisch, an meinen Platz.

Eine Zeit lang stand noch die Frage im Raum – und das betraf, genauer gesagt, Raum Nr. 3 der Wohnung: das stillgelegte Schlafzimmer –, ob nicht auch Valeska, eine Kollegin von Isabell aus dem Sachbuch, die ebenfalls nach Berlin wechseln musste, mit bei uns in die WG einziehen sollte; doch die fand schließlich etwas anderes.

Beim Frühjahrsputz, als wir die gesamte Wohnung reinigten, integrierten wir dann auch stillschweigend das bis dahin exterritoriale Gebiet des Schlafzimmers wieder in die Wohnung – und zwar gemäß seiner ursprünglichen Bestimmung.

Bei dieser Gelegenheit entsorgte ich auch endlich die dramatische Luftaufnahme der Alpen, das Werbegeschenk eines Reiseveranstalters, das Claudia über das Doppelbett gehängt hatte und bei dessen Anblick mir immer schwindelig geworden war. Ich ersetzte dieses einschüchternde Monumentalbild durch etwas neutral Abstraktes, zu dem man keine spezielle Meinung haben musste.

Natürlich, es wäre Platzverschwendung gewesen, einen Raum der Wohnung ungenutzt zu lassen.

Vor allem jedoch, das hatte Isabell mir mal beim Frühstück gesagt, als ich sie gefragt hatte, wie sie geschlafen habe, sei es für eine Lektorin reine Quälerei und nahezu unmöglich, in demselben Raum, in dem man arbeitet, auch zu schlafen. Der sei doch bis unter die Decke bevölkert von den Gespenstern der Romanfiguren, mit denen man sich tagsüber hoffnungslos herumschlage. Das könne einen bis tief in die Träume verfolgen. Oder gleich ganz den Schlaf rauben.

Und dabei war damals Ronny Sommer noch gar nicht ihr Klient.

Als Isabells Verlag nach dem finanziell missglückten Berlin-Abenteuer sich ein paar Jahre später wieder vollständig in sein Stammhaus an der Außenalster zurückzog, hätte sie theoretisch auch wieder nach Hamburg gehen können.

Und praktisch?

Es wäre das gleiche Spiel wie in Berlin. Ihre Wohnung in Altona hatte sie damals aufgegeben. Und nach Harburg zum Beispiel, wo sie viel teurer eine viel kleinere Wohnung bekommen hätte, wollte sie nicht. Also blieb sie hier. Außerdem – wir hatten uns mit der Zeit aneinander gewöhnt.

Nachdem das *vorübergehend* (unter diesem Vorzeichen war Isabell ja zunächst bei mir eingezogen) ein paar

Jahre angedauert hatte, war es inzwischen, ohne dass wir je darüber gesprochen hatten, einfach so vorübergegangen.

Als freie Lektorin betreute sie weiterhin ein paar Autoren aus ihrem alten Verlag, das konnte sie genauso gut aber auch von Berlin aus tun, das war ihr Spielbein.

Standbein wurde von da an der *elfenbeinturm*-Verlag.

WORÜBER ICH MICH DOCH sehr wunderte: Die Frau, die auf dem Tisch tanzte (eine Art standardisierter Stepptanz), war völlig nackt. Nein, nicht ganz, immerhin trug sie, locker um den Hals geschlungen, einen Burberryschal. Meinen Blick konnte ich nicht von ihr losreißen, mein Mund stand halb offen. Dabei wollte ich ihr unbedingt sagen, dass sie bitte nicht vom Tisch fallen solle. Die runde Platte aus dunklem, fast schwarzem Holz, am Rand kunstvoll mit Messing beschlagen, war als Tanzfläche, wie ich fand, völlig ungeeignet: viel zu klein und, vor allem, viel zu zierlich. Ein schlappender Ventilator hing an der Decke, gedankenlos rührte er die stickige Luft um. Seine Blätter machten ein gleichförmig einschläferndes Geräusch: Flapp-Flapp-Flapp ...

Sträflicher Leichtsinn!

Als ich endlich diese passenden Worte gefunden hatte, wollte ich sie lauthals ausrufen, aber es ging nicht, man verstand mich nicht: Gegen das monoton klappernde Stakkato, das die Silberschuhe auf dem Tisch erzeugten, kam ich nicht an. Die Frau schaute gelangweilt nach unten, ihre Füße traten weiter auf der Stelle. Ich suchte Blickkontakt mit ihr, da bemerkte ich, dass es gar kein Schal war, den sie da um den Hals trug, sondern eine dicke, glänzende Pythonschlange. Das wunderte mich überhaupt nicht. Trotzdem wurde mir heiß, ich hätte im Traum nicht daran gedacht, dass es so drückend warm hier unten sein könnte.

Ich suchte das Freie, fand es aber nicht, stattdessen fand ich mich auf einer steilen Kellertreppe wieder. Ein paar Stufen höher saß mir eine Ratte gegenüber. Aus roten Augen funkelte sie mich interessiert an. Sie war viel größer als eine normale Ratte, und sie fiepte mechanisch, so als hätte jemand sie aufgezogen, ununterbrochen ging das so, es war nicht auszuhalten, es war auch nicht abzustellen, dieses: Fiep-Fiep-*Fie*...

Endlich, meine linke Hand brachte mit einem Schlag den Wecker zum Schweigen, mit der rechten strich ich mir entnervt über das Gesicht; von einem Moment zum anderen war die Ratte spurlos verschwunden.

Neben mir lag Isabell, sie atmete tief und ruhig.

Von dieser nächtlichen Abenteuerreise durch die Unterwelten meines Bewusstseins hatte sie nichts mitbekommen, wie auch: Sie schlief grundsätzlich mit Ohropax. Angeblich, weil ich schnarchte. Das war aber nur die halbe Wahrheit. Die andere Hälfte war: Isabell selbst schnarchte manchmal so herzerschütternd laut, dass sie davon wach wurde und mir völlig entnervt das Kissen wegzog.

Ich drehte mich auf die Seite und versuchte, die wirren Bilder in meinem Kopf zu sortieren, sie zu deuten: Sicher, ein ganz normaler Alptraum, mehr nicht.

Dennoch: Ein paar Einzelheiten, die als Wetterleuchten meine dunkle Traumwelt sporadisch erhellt hatten, waren zweifellos dem Umstand geschuldet, dass ich wieder mitten im Semester war und jeden Montagabend vorn am Rednerpult stehen und eine Philosophievorlesung zu halten hatte.

Zu allem entschlossen, wand ich mich aus dem Bett, schlug hart im Bad das Wasser ab und rammte mir daraufhin die Zahnbürste in den Mund. Statt der endlos warmen bis heißen Dusche brühte ich mich nur kurz ab und stand dann lange unter dem eiskalten Strahl. Ich musste heute hellwach sein. Für neun Uhr hatte Caspary einen Termin mit mir vereinbart.

In der Ferne, hinter den Bäumen im Park, sah ich schon die Umrisse des klobigen Institutsgebäudes.

Die festliche Ausschmückung dieses Morgens hatten in den Wipfeln der Kastanien üppige Blütenkelche übernommen, komplettiert unten im Park durch rosarote und weiße Knospen, überall in die Sträucher hineingesprenkelt – eine flimmernde impressionistische Studie. Für einen ganz gewöhnlichen Montag, fand ich, war das alles etwas überinstrumentiert.

Ich kam an der Laterne vorbei, wo ein blaues Fahrrad angeschlossen war beziehungsweise das, was davon noch übrig war.

Anfang des Semesters war das Rad noch vollständig gewesen, nach und nach aber, von einer sonderbaren Schwindsucht ergriffen, war es immer weniger geworden: Zuerst waren die Reifen verschwunden, dann war der Sattel weg, zum Schluss sogar noch der Lenker (samt Klingel), sodass es jetzt nur noch aus dem Stahlskelett seines Rahmens bestand, das allerdings ordentlich an der Betonlaterne angekettet war; die Radgabeln piekten sinnlos in den Parkboden. Ein immobiler Rest, der, weil er hier dauerhaft rastete, auch schon zu rosten begann.

Sonst verlangsamte ich an dieser Stelle immer meine Schritte oder blieb sogar stehen, um mich in die Betrachtung dieser Ruine zu vertiefen: Es brachte einfach nichts, wenn man zu früh im Vorlesungssaal war und vorne am Pult stand wie ein Bittsteller, der darauf wartete, dass die Studierenden sich endlich-endlich an ihre Plätze begaben beziehungsweise: *bequemten*. Besser war es, das akademische Viertel genau einzuhalten und als Letzter (abgesehen natürlich von der notorisch zu spät kommenden Frau Weber, Annaluise) den Raum zu betreten.

Für Verabredungen mit dem Lehrpersonal galt das akademische Viertel aber sicherlich nicht, zur Unterredung mit Caspary sollte ich wohl besser pünktlich erscheinen. Also ging ich nun unverzüglich weiter.

Mit Caspary verband mich eine tiefe, in langen Jahren gewachsene und gefestigte gegenseitige Abneigung. Dabei hatten wir sogar einen identischen Ausgangspunkt: Wittgenstein und die analytische Philosophie; aber vielleicht war es ja gerade das, was uns nun zunehmend voneinander entfremdete.

Spätestens seit seinem überraschenden Wechsel zum Fachbereich Kulturtheorie hatte Caspary sich auch innerlich von der Philosophie, im engeren und strengeren Sinne, abgewandt. Da er nun selbst also nicht mehr dem Bereich Philosophie angehörte, war es natürlich naheliegend für ihn, die Philosophie insgesamt für entbehrlich zu erachten.

In kleiner Kollegenrunde, so hatte es mir Breitenbach einmal bekümmert anvertraut, habe Caspary die Philosophievorlesungen sogar, mit einem Zitat Nietzsches, als »unzeitgemäße Betrachtungen« bezeichnet.

Statt mit der exakten Sprache der Logik beschäftigte Caspary sich seitdem mit verschiedenen nonverbalen Ausdrucksformen wie der Körper- und Gebärdensprache.

Mit historischen Studien wie *Das Ende des Handkusses – Ein kulturhistorischer Streifzug durch fünf Jahrhunderte* hatte er sich zunächst in Expertenkreisen einen Namen gemacht. In seiner vielbeachteten Schrift *Begrüßungsrituale auf hoher See. Zur Geschichte der internationalen Flaggensprache* hatte er sogar das Festland verlassen und sich kühn in die Zeichensprache des etwas entlegeneren, stürmisch maritimen Gebietes vorgewagt.

Und wer wusste schon, ob nicht eines Tages sein kleiner, fast unbeachtet gebliebener Aufsatz *Über Sinn und Unsinn des Händeschüttelns. Eine ethno-soziologische Handreichung aus kulturtheoretischer Sicht* sich als ungeheuer prophetisch erweisen sollte?

In letzter Zeit hatte er damit begonnen, die zunehmende Verwendung von *Icons* im elektronischen Postverkehr und in den sozialen Netzwerken systematisch zu untersuchen. Und das waren, wie ich einem seiner Artikel *(Was verraten uns die Emojis, und was verschweigen sie uns?)* entnommen hatte, weit mehr als nur die bekannten Symbole *Daumen hoch/Daumen runter* oder die ewig lächelnden knallgelben beziehungsweise missmutig roten Kreisgesichter.

Insbesondere mit diesen Untersuchungen hatte er ein

sicheres Gespür bewiesen: Die Analyse moderner Kulturtechniken verschaffte ihm an einer Hochschule, die sich speziell den aktuellen Fragen der Kultur widmete, eine hohe Reputation – nicht nur bei der Hochschulleitung, sondern auch bei den Studierenden, obwohl er bei diesen wegen seiner Unberechenbarkeit in Prüfungen (»Schade, es war fast alles richtig, also hätten Sie auch ... *fast* bestanden!«) äußerst gefürchtet war.

Caspary telefonierte gerade, als ich sein Büro betrat. Es war Punkt neun. Er nickte mir zu, blieb aber sitzen. Stumm, mit dem Zeigefinger der linken Hand, dirigierte er mich auf den Besucherstuhl.

In der rechten Hand hielt er den Telefonhörer, bis er auf einmal den Hörer, der weiterhin am rechten Ohr verblieb (das vermutlich das bessere war), kurzentschlossen in die andere Hand nahm und sich rasch etwas mit rechts auf einen Zettel notierte, sodass er mit seinen verschlungenen Armen für einen Moment wie eine vielarmige indische Gottheit aussah.

Kurz darauf war das Gespräch beendet.

»Guten Morgen, Herr Kollege. Schön, dass Sie es so früh einrichten konnten. Wie läuft es denn bei Ihnen, wenn ich fragen darf? Sie haben doch die Montagabendveranstaltung, richtig? – Man hört ja nur Gutes.« Ohne meine Antwort abzuwarten, mit Blick auf den Notizzettel: »Ach so, das eben war übrigens Möllendorf, da musste ich selbstverständlich abnehmen, tut mir leid.«

Er schnipste den Zettel vorsichtig mit der Fingerspitze ein Stück zur Seite.

»Das haben Sie bestimmt mitbekommen, es gibt ja nur noch ein einziges Thema an der Hochschule: die Frühjahrskonferenz. Man kann es schon nicht mehr hören, oder?« Er zuckte bedauernd die Schultern: »Tja, aber was soll man da machen. Oder, um es mal schicksalsergeben so zu sagen: *Traktat, Satz 1 ...*«

Ich kannte seine Marotte, bei allen möglichen Gelegenheiten Wittgenstein zu zitieren; das war ein Relikt aus seinem Vorleben und eine Art Prüfung für sein Gegenüber. Ich schloss die Augen halb und nickte leicht. *Die Welt ist alles, was der Fall ist.*

»Also, mein lieber Dr. Lichtenau: Richtig, das ist nun mal so der Fall, nicht wahr, kann man nix machen.«

Ja, dachte ich, die Welt ist ein Fall für sich.

»Wir werden bei der Frühjahrskonferenz bestimmt sehr viel über die Zukunft zu hören bekommen, also wie die Bereiche da im Einzelnen aufgestellt sind, wie nachhaltig sie arbeiten, mit einem Wort: wie *zukunftsfest* sie sind. Vor allem aber, und darauf wette ich, werden wir hören, wie unverzichtbar jeder, wirklich jeder einzelne Bereich ist. Gut, das ist ja soweit alles ganz legitim.« Er lächelte schief. »Nun kann man natürlich sagen: Das Institut ist eine geschlossene Verwahranstalt für Leute, die anderswo, zum Beispiel ›draußen‹, im wirklichen Leben, keine Chance hätten und dort erheblichen Schaden anrichten würden. Insofern also ganz gut, dass man die aus dem Verkehr gezogen und weggesperrt hat und dass die auch in Zukunft hier bei uns ihre feste warme Bleibe haben. Besser geht's ja nicht. Und wenn Sie mich fragen: Wissen Sie, wie das Ganze nur noch zu toppen wäre?«

Er ließ eine kurze Pause, beantwortete seine Frage dann aber gleich selbst: »Wenn wir keine Studierenden mehr hier im Hause hätten. – Stellen Sie sich das mal vor.«

Verschwörerisch sah er mich an.

»Ohne die – also da wäre die Hochschule ja so was wie das Paradies auf Erden. Wer weiß, kann ja sein, dass die uns eines Tages nur noch virtuell zugeschaltet sind. Na schön, das ist Zukunftsmusik, das werden wir beide nicht mehr erleben. Darüber kann man nur spekulieren. Beziehungsweise ... *Traktat, Satz 7* ...«

Bitte nicht!, dachte ich in stiller Verzweiflung.

Sein prüfender Blick lag auf mir. »*Wovon man nicht sprechen kann ...*«, zitierte er nun langsam mit halblauter Stimme. Ich schwieg ihn wissend an – und ich hütete mich, jetzt mit ihm gemeinsame Sache zu machen und folgsam Teil 2 aufzusagen. Das konnte er bitteschön selbst erledigen. Was er dann auch tat: »*... darüber muss man schweigen.*«

Einen Moment lang schwiegen wir dieser, wie ich immer fand, etwas überschätzten Sentenz hinterher.

Er ruckelte sich auf seinem Stuhl zurecht, fest sah er mich an: »Aber deswegen habe ich Sie ja nicht hierhergebeten, Herr Kollege. Natürlich wollen wir nicht schweigen, nein, im Gegenteil, wir müssen *sprechen*, miteinander reden. Also, ich wollte jetzt zunächst einmal nachfragen: Was für einen Beitrag dürfen wir eigentlich von Ihnen, von der Philosophie, bei der Frühjahrskonferenz erwarten?«

Das kam jetzt doch etwas unerwartet, obwohl Breitenbach mich am Anfang des Semesters ja vorgewarnt hatte.

Um Zeit zu gewinnen, zog ich umständlich meinen Kalender aus der Tasche und schlug ihn auf.

»Ja, also«, sagte ich schließlich, »wenn Sie mich das jetzt so ganz direkt fragen: Doch, ja, ich könnte mir schon vorstellen, durchaus, dass die Philosophie sich mit einem, sagen wir mal: zumindest teilweise neu konzipierten Lehrplan präsentiert. Es gibt da auch bereits ein paar präzise Vorüberlegungen, die ich ...«

»*Vor*überlegungen – das ist gut, sehr gut.«

»Aber ganz so weit bin ich noch nicht. Das ist noch nicht druckreif. Da ist ja auch noch, soweit ich weiß, ein klein wenig Zeit bis ...«

Caspary nannte mir das Datum, ich blätterte ein paar Seiten weiter und machte mir einen Kringel im Kalender, mit dem Vermerk *FKK* (= Frühjahrskonferenz Kulturhochschule).

»Überhaupt kein Problem, Herr Kollege. – Ach, entschuldigen Sie, natürlich, das hat mir Breitenbach ja neulich anvertraut: Mit Ihrem Buch, nicht wahr, da gibt es wohl noch eine gewisse Verzögerung?«

Mit einer gewissen Verzögerung lächelte ich ihn an.

»Überstürzen Sie das bloß nicht.«

Er kniff die Augen zusammen und fixierte mich nun, als säße ich in weiter Ferne. »Aber, wissen Sie, wir können das alles ja auch mal ganz anders angehen, neu denken ... Ich habe da nämlich so ein bisschen den Hut auf, also für die Vorbereitung des Ganzen und für die Koordination der einzelnen Beiträge. Und da mache ich Ihnen jetzt einfach mal einen Vorschlag.« Er beugte sich über den Tisch nach vorn. »Wenn nun alle, wirklich alle, über die Zukunft reden, dann wäre es doch im Gegensatz dazu ganz spannend, wenn einer, sagen wir in diesem Fall mal: *Sie*, den Blick in die Vergangenheit richten würde und uns etwas erzählen würde über die Anfänge unserer Hochschule und so weiter und so fort ... Ich meine, wer, wenn nicht Sie, könnte denn sachkundig etwas über Breitenbach und seine Arbeiten sagen? Sie kennen ihn doch fast besser als ich. Und machen wir uns nichts vor: Kein anderer Fachbereich kann auf solch eine ehrwürdige Tradition verweisen. Deshalb haben wir uns gedacht, das wäre doch eine großartige, eine hochverdiente Würdigung Breitenbachs und seiner langjährigen Verdienste um unsere Hochschule.«

Wer war *wir*? Er und ... Möllendorf?

»Wie gesagt: nur ein Vorschlag, aber denken Sie doch einfach mal in Ruhe darüber nach, ja? Ich bin sicher, Ihnen fällt da was ein.«

Rasch war er aufgestanden. Über den Tisch streckte er mir – Sinn beziehungsweise: Unsinn des Händeschüttelns jetzt mal kurz ausgeblendet – die Hand entgegen.

Auch ich war aufgestanden. Mein Blick war dabei auf den verstaubten Kunstblumenstrauß gefallen, der neben dem Computer auf dem Schreibtisch stand. Caspary hatte das bemerkt.

»Zu Blumen«, erklärte er mir grinsend, »habe ich nur dann ein persönliches Verhältnis, wenn ich sie auch selbst geschossen habe.«

Ich nickte.

Das hatte ich hier schon oft erlebt: Offenbar gehörte es zum guten Ton an der Hochschule, dass man sich auf die eine oder andere Art über die »Kultur«, von der man schließlich ganz gut lebte, lustig machte. Dass ausgerechnet auf einem Schreibtisch im Fachbereich Kulturtheorie, dem Herzstück der Lehranstalt, diese grauenhaft glitzernden Papierblumen aus einer Rummelplatzschießbude stehen durften, war eine dieser kleinen ortsüblichen Unverschämtheiten, und sie sollte wahrscheinlich die innere Unabhängigkeit – wovon auch immer – des Schreibtischinhabers demonstrieren.

»Sie kennen doch sicher Hegels Unterscheidung des Naturschönen und des Kunstschönen?«

Ich zog die Brauen hoch: Nein, Hegel, da musste ich passen.

»In seinen *Vorlesungen zur Ästhetik*. Da arbeitet er exzellent heraus, wieso das Kunstschöne grundsätzlich über dem Naturschönen steht. Eine einzelne, zufällige Rose in ihrer Endlichkeit, in der Beschränktheit der Wirklichkeit gefangen, die ist vergänglich, irgendwann verwelkt sie. Das war's dann mit ihr. Ewiges Leben erlangt sie erst im Ideal der Rose überhaupt, in der Verkörperung als Kunstwerk ...« Er schwieg kurz. »Oder, um es am besten mit ihm selbst zu sagen«, die Augen halb geschlossen, las er jetzt Hegels Definition von einem unsichtbaren Blatt ab: »*... die Kunstschönheit ist die* aus dem Geiste geborene und wiedergeborene *Schönheit, und um so viel der Geist und seine Produktionen höher steht als die Natur und ihre Erscheinungen, um so viel auch ist das Kunstschöne höher als die Schönheit der Natur*.«

Er öffnete die Augen, gedankenvoll ruhten unsere Blicke auf den drei immergrünen silbergrau glitzernden Schießbudenrosen.

»Ich glaube«, sagte Caspary leise, »ich sollte mal Staub drauf wischen.«

Ich nickte.

Er grinste. »Oder eben mal wieder richtig gießen. Was meinen Sie?«

Einfach nicht zu fassen, dieser Caspary. Mir war nie klar, ob er etwas ernst meinte oder ob er sich lustig machte – über mich, zum Beispiel.

Ich war schon an der Tür, da rief er mir noch ein »Ach so, das hätte ich jetzt fast vergessen ...« hinterher; ich ließ die Klinke los und drehte mich um.

Caspary, der bereits mit der entsprechenden Taste seinen Computer wieder geentert hatte, den Blick starr geradeaus auf den Bildschirm gerichtet, fragte mich – nein, das war keine Frage, er teilte es mir einfach mit, ohne mich dabei anzusehen: »Sie haben doch sicher nichts dagegen«, *klack-klack-klack* auf der Tastatur, »wenn heute Abend jemand von der Hochschulleitung bei Ihnen hospitiert.«

Hospitation?

Das war neu. Zumindest in der Ära Breitenbach hatte es so was nie gegeben. Mir war nicht klar, was das zu bedeuten hatte.

Aber bevor ich mir ernsthaft Gedanken darüber machte, musste ich erst einmal sicherstellen, dass heute Abend, wenn schon jemand von der Hochschulleitung kam, alles klappte, also, dass ich alles beisammen hatte: bunte Wandtafelkreide, zum Beispiel. Die hatte mir letzten Montag gefehlt, sogar empfindlich gefehlt, als ich mit leeren Händen, die nicht gewusst hatten, wohin mit sich, vorn gestanden hatte und die Jahreszahlen, statt sie in aller Ruhe anschreiben zu können, hatte diktieren müssen. Da wollte ich heute nichts dem Zufall überlassen.

Auf meinem Weg zum Hausmeister sah ich, was Caspary gemeint hatte, als er gesagt hatte, dass es momentan nur noch ein einziges Thema an der Hochschule gebe.

Bisher, wenn ich am Montagabend zielstrebig meinen Vorlesungssaal angesteuert hatte, war mir das in den halbdunklen, notbeleuchteten Gängen gar nicht aufgefallen: In Vorbereitung auf die Frühjahrskonferenz hatte die Hochschulleitung Pappvorlagen im Plakatformat DIN A1 in Umlauf gebracht, die nun neben den einzelnen Bereichstüren hingen. Unter dem bekannten Logo der Hochschule, den geschwungenen Buchstaben HfK, stand als Vordruck: *Unser Fachbereich stellt sich vor!* Und auf der Pappfläche darunter hatten alle Fachbereiche Platz, sich mit dem zu präsentieren, was sie für vorzeigenswert hielten: Fotos von Projektwochen und Wochenendseminaren im Grünen waren zu sehen, Gruppenbilder der Mitarbeiter, auch einige ausländische Gastwissenschaftler, die zuversichtlich ins Bild lächelten, außerdem: Publikationslisten, verschiedene Tabellen und steil ansteigende Kurven sowie die bunten Torten diverser Kreisdiagramme.

Einzige Ausnahme, und die gefiel mir mit Abstand am besten: der Bereich Kulturanthropologie, fast am Ende des Gangs. Dort hatte jemand das Ausrufezeichen auf der Schablone durchgestrichen, drei Pünktchen dahinter gesetzt: *Unser Fachbereich stellt sich vor! ...*, und mit dickem rotem Filzstift schräg über die gesamte Fläche der Pappe geschrieben: ... *wie schön es wäre, hätten wir endlich neue Computer!*

Grinsend stieg ich die Treppe hinunter in den Keller.

Nur ein paar Schritte, dann stand ich vor der Tür, hinter der sich das sagenumwobene Reich des Hausmeisters befinden musste, das ich noch nie betreten hatte. An der Klinke hing ein Schild: *Bin gleich wieder da!*

Es war exakt dasselbe Schild, das schon Anfang des Semesters dort gehangen hatte, als ich wegen der defekten Glühbirne in der Schreibtischlampe des Gästedozentenbüros vor verschlossener Tür gestanden hatte. Ich fragte mich, ob der Hausmeister zwischenzeitlich überhaupt jemals hier wieder aufgetaucht war, denn auch mein zweiter Versuch war ein Fehlschlag gewesen, sodass ich die Birne dann einfach selbst von zu Hause mitgebracht hatte.

Schon wollte ich unverrichteter Dinge wieder gehen, da sah ich, dass die Tür nebenan halboffen stand.

Dort befand sich als Exklave des Fachbereichs Eventmanagement die Veranstaltungstechnik, wo die Studierenden praxisnahe Kurse zu absolvieren hatten: Arbeit am Beamer oder die Optimierung von PowerPoint-Präsentationen; ebenso wurde hier auch der Umgang mit moderner Mikrofon- und Headset-Technik geübt.

Ich schaute hinein, tatsächlich, Maletzki war da, oder, um exakt zu sein: Prof. Dipl.-Ing. oec. Manfred Maletzki, der Bereichsleiter des Eventmanagements.

Er saß am Schreibtisch, der eher eine vollgeräumte Werkbank war, und schraubte etwas zusammen oder auseinander, das war von der Tür aus nicht genau zu erkennen.

War er hier unten, trug er meistens, so auch heute, einen blauen Arbeitskittel. Maletzki zog sich gern in dieses romantisch abgelegene Kellerverlies zurück, wo niemand ihn stören konnte. Durch die vergitterten Fensterluken, dicht unterhalb der niedrigen Decke, drang spärliches Licht herein.

Als er mich bemerkte, legte er hocherfreut den Schraubenzieher ab: »Ah, der Herr Doktor, was führt Sie zu mir?«

Maletzki war der Kollege an der Hochschule, mit dem ich mich am besten verstand. Sicher lag das auch daran, dass es seitens der Philosophie niemals Extrawünsche gab.

Die anderen Kollegen betrachteten den Fachbereich Eventmanagement und speziell die Veranstaltungstechnik etwas abschätzig als das allgemeine Dienstleistungs- und-Service-Zentrum der Hochschule, wo alles landete, was nicht mehr richtig funktionierte: Drucker, die gerade an einem Papierstau erstickt waren, Kopiergeräte, die störrisch blinkend alle händeringend erteilten Kopieraufträge ignorierten, oder eigensinnige PCs, die ihren digitalen Geist aufgegeben hatten und auf Knopfdruck einfach schwarz blieben.

Maletzki und ich, wir beide waren, was den *Inner Circle* der Hochschule betraf, mehr oder weniger »draußen«, jedenfalls nicht hundertprozentig dazugehörig. Vielleicht verband so eine Erfahrung der Nichtdazugehörigkeit, so ein Außenseiterdasein, mehr, als es der eingeschworene Korpsgeist einer eingespielten Institution je könnte – mit all den halbherzigen Allianzen, temporären Animositäten und der ewigen Konkurrenz, die es dort zwangsläufig gab.

»Eigentlich«, sagte ich, »wollte ich ja zum Hausmeister.«

»Oh, den habe ich heute noch gar nicht gesehen. Sicher ist der wieder irgendwo im Haus unterwegs. – Kann ich Ihnen vielleicht helfen?«

»Glaube ich eher nicht, Herr Professor. Ich brauche heute Abend Wandtafelkreide, am besten: bunte.«

Maletzkis Gesicht hatte sich, als ich das gesagt hatte, sofort aufgehellt. Mit Schwung stieß er sich von der Kante des Schreibtischs ab, schräg rollte sein Bürosessel über das Linoleum durch die Werkstatt in Richtung eines tiefen Wandregals, wo er – Vollbremsung mit beiden Füßen – zum Stehen kam. Entschlossener Griff in eines der unteren Fächer, und was zauberte er da hervor? Ein Pappkästchen: mit Wandtafelkreide, bunter!

»Meine letzte Reserve, falls mal der Strom ausfällt.«

Mit Tippelschritten bugsierte er seinen klobigen Bürosessel zurück an den Arbeitsplatz und schob mir das Päckchen über den Tisch zu.

Gemütlich blubberte im Hintergrund eine unsichtbare Kaffeemaschine.

»Kaffee?«, fragte Maletzki mich über die Schulter.

»Danke«, sagte ich, »danke nein. – Aber vielen Dank für die Kreide.«

Er nickte und beugte sich wieder konzentriert über seine Arbeit.

Das Pappkästchen in der Hand, verließ ich den Keller, den muffigen Orkus der Hochschule, und stieg nach oben, ans Licht. Die kostbare Beute wollte ich bis zum Abend sicher im Gästedozentenbüro deponieren.

Gerade war ich um die Ecke gebogen und fingerte in meiner Hosentasche schon nach dem Schlüssel – da hielt ich inne. Solange ich zurückdenken konnte: Immer war die Tür zu dem Raum, der sich direkt neben dem Gästedozentenbüro befand, zugeschlossen gewesen. Und was hatte ich mir nicht alles dahinter vorgestellt: wahre Wunderwelten, vielleicht ein geheimes Aktenlager oder auch das Archiv der Hochschule.

Manchmal, wenn ich abends noch in meinem Büro am Schreibtisch saß und die Vorlesung rekapitulierte, schloss ich die Augen, um besser hören zu können, und lauschte nach nebenan: nichts.

Jetzt aber stand die Tür weit offen und das Fenster hinten im Raum ebenso. Staunend schaute ich in diese Parallelwelt. Der weiß gestrichene Zwillingsraum war genauso groß und genauso ein Schlauch wie das Gästedozentenbüro, im Unterschied zu meiner vollgestellten Rumpelkammer war er jedoch leer, absolut leer.

Im kleinen Blechwechselrähmchen neben der Tür, dort, wo die Namensschilder hineingeschoben wurden, steckte kein Kärtchen, nichts: Insofern war das durchaus eine korrekte Auskunft, der ich, anstatt sinnlos darüber zu spekulieren, was alles sich hinter dieser Tür befinden könnte, einfach nur hätte glauben müssen.

Ich schloss die Tür zu meinem Büro auf, und ich fragte mich: Hatte ich nicht auch bei Caspary alles Mögliche vermutet? Und nun: Auf eine wirklich kollegiale Weise war er mir entgegengekommen, hatte mir sogar eine goldene Brücke gebaut. Ich musste jetzt nicht aus dem Stand ein völlig neues Lehrplankonzept entwickeln, sondern konnte, was mir nicht schwerfallen würde, einer jüngeren Generation etwas über Breitenbach erzählen. Wahrscheinlich musste ich meine Meinung über Caspary gründlich revidieren.

Und die Hospitation? Auch kein Problem: *Man hört ja nur Gutes ...*

Frau Professor Dörle von der Hochschulleitung – zierlich, sehr viel kleiner als ich, in einem strengen blauen Kostüm, mit Hornbrille ... (nein, *keine* Hornbrille!) – hatte sich ganz nach hinten gesetzt, in die letzte Reihe.

Meine Versuche, während des Vortrags hin und wieder Blickkontakt mit ihr aufzunehmen, waren allesamt erfolglos geblieben. Pausenlos schrieb sie mit, die Augen stets nach unten, auf ihre Papiere, gerichtet. Irgendwann vergaß ich, dass sie hospitierte, und konzentrierte mich ganz auf meine Vorlesung.

»Lassen Sie uns nun die nüchterne Schwarz-Weiß-Welt der zweiwertigen Logik, in der wir uns bisher sicher bewegt haben, verlassen und kühn – Neuland betreten!«

Miranda schaute interessiert von ihrer Mitschrift auf.

»Während, wie wir gelernt haben, die Aussage ›Herr X ist in Berlin‹ entweder wahr oder falsch ist, stellt uns die Aussage ›Morgen wird Herr X in Berlin sein‹ vor ein gewisses Problem ...«

»Wir wissen es nicht.« Voller Bestimmtheit hatte Frau Weber das gesagt, war dann aber sofort wieder abgetaucht. Erstaunt nickte ich ihr zu.

»Richtig beziehungsweise, wenn ich das präzisieren darf, wir wissen es *noch* nicht. Morgen jedoch werden wir es wissen, und dann können wir entscheiden, ob die Aussage wahr oder falsch ist. Doch heute, da haben Sie völlig recht, Frau Weber: großes Fragezeichen. Der Zweiwertigkeitssatz ist in diesem Fall aufgehoben, es kommt nun ein Drittes ins Spiel: die Möglichkeit. Es ist möglich, dass Herr X morgen in Berlin ist, aber es ist nicht – noch nicht – entschieden.«

Ich begann, vorne auf und ab zu gehen.

»Vielleicht gibt es eine größere oder kleinere Wahrscheinlichkeit, dass er morgen in Berlin sein wird. Nehmen wir an, er ist sowieso hier und hat auch nicht die Absicht, wegzufahren, dann ist die Wahrscheinlichkeit relativ groß. Angenommen aber, er sitzt gerade im Flugzeug nach Athen, dann ist die Wahrscheinlichkeit, dass er morgen in Berlin sein wird, klein, verschwindend klein ... Und dennoch: Sie ist nicht gleich null. Das Flugzeug könnte aus technischen Gründen einen Zwischenstopp einlegen müssen, und alle Passagiere würden mit der nächsten Maschine zurück nach Berlin gebracht. Unwahrscheinlich, ja – aber nicht unmöglich. Mit der deduktiven Gewissheit, die wir am Anfang hatten, also: entweder in Berlin – oder nicht in Berlin, und der induktiven Unbestimmtheit, der morgige Aufenthalt des Herrn X in Berlin ist mehr oder weniger wahrscheinlich, ist aber das Feld – und nun, meine sehr verehrten Damen und Herren, kommen wir zu einem weiteren Fall – längst noch nicht ausgeschritten ...«

Ich war stehengeblieben und ließ eine kleine Pause,

damit sich das setzen konnte. Dann verkündete ich halblaut: »Heute ist Montag.«

Belustigte, ungläubige Blicke. Ein rothaariger Student aus der zweiten Reihe tat so, als müsste er das jetzt unbedingt sofort übereifrig auf seinem Mobiltelefon prüfen, grinsend hielt er seiner Sitznachbarin das Display unter die Nase. Sogar Frau Professor Dörle ganz hinten starrte mich entgeistert an.

»Nur zur Erinnerung: Dieser Satz ist heute wahr, an allen anderen Wochentagen ist er falsch.«

Die allgemeine Unruhe hatte sich nach diesen klärenden Worten gelegt. Und auch Frau Dörle nickte.

»Ich schätze, selbst die Älteren unter Ihnen können sich nicht an den Film *Wenn jeder Tag ein Sonntag wär* erinnern.« Ein abrupter Gedankensprung, um die Aufmerksamkeit wieder zu erhöhen; das Ganze noch unterstrichen durch eine Drehung meines Kopfes, sodass mein Profil sichtbar wurde. »Eine Verwechslungskomödie, Anfang der 70er-Jahre, glaube ich, ganz egal. Der Inhalt soll uns hier auch nicht weiter interessieren, einzig und allein: der Titel. Dass *jeder* Tag ein Sonntag ist, ist nicht nur unwahrscheinlich, nein: In unseren kalendarischen Zusammenhängen ist es sogar absolut unmöglich. – Aber ... «, ich ließ dieses kostbare Wort einen Moment lang ausklingen, dann wiederholte ich es noch einmal: leise, beschwörend, »*aber* diese fiktive Annahme einmal gesetzt, lassen sich doch durchaus ein paar wertvolle Betrachtungen anstellen, zum Beispiel darüber, dass der Sonntag als solcher, wenn *jeder* Tag ein Sonntag wäre, völlig überflüssig wäre. Verstehen Sie? Wenn jeder

Tag ein Feiertag ist, erübrigt sich die Unterscheidung Wochentag und Feiertag überhaupt. Und es verschwände auch die folgende, sicher etwas pädagogische Einteilung, die Goethe uns in seiner Ballade vom *Schatzgräber* geliefert hat.«

Nachdem ich Goethes Verse schwungvoll an die Wandtafel geschrieben hatte (*Tages Arbeit! Abends Gäste!/ Saure Wochen! Frohe Feste!*), wischte ich mir die blauen Kreidefinger an einem Lappen ab und schritt zurück zum Pult.

»Sie erinnern sich, als wir uns Anfang des Semesters in der Scholastik umgesehen haben, versuchte ich Ihr Augenmerk darauf zu richten, dass gerade im angeblich so finsteren Mittelalter eine Wissenschaft wie die formale Logik zu leuchten begann. Das ist kein Wunder. Glauben und Denken stehen sich keineswegs so konträr und unversöhnlich gegenüber, wie wir es der Bequemlichkeit halber gern immer annehmen. Wir sind, was unsere jeweiligen Prämissen betrifft, frei. Wir können behaupten: Zwei Parallelen schneiden sich in der Unendlichkeit. Oder eben: Sie schneiden sich nicht. Beides kann einen Sinn ergeben. Für den Moment können wir zum Beispiel sogar annehmen, jeder Tag sei ein Sonntag, und dann überlegen, was daraus folgt. – Weiß vielleicht noch jemand von Ihnen, wie wir den Begriff des *Axioms* definiert hatten? – Ja, Julian?«

»Axiome sind Sätze, die unbeweisbar sind.«

»Korrekt. Insofern, da wir nicht die Möglichkeit haben, sie zu beweisen, sind es also Glaubenssätze, so unbeweisbar wie ... wie der liebe Gott.«

»Amen.«

Ich hatte nicht mitbekommen, wer das gesagt hatte und begann, meine Papiere zusammenzuschieben. »Tut mir leid, falls ich jetzt bei jemandem von Ihnen irgendwelche tiefsitzenden atheistischen Gefühle verletzt haben sollte.« Blick auf die Uhr, die Zeit war gleich um. »Im Zusammenhang mit der Scholastik – und damit schließe ich für heute – ging es auch um die, zugegeben, einigermaßen spitzfindige Frage: *Wie viele Engel passen auf eine Nadelspitze?* Selbst wenn man sich dieses Beispiel, wie man inzwischen annimmt, später nur ausgedacht hat, um den spekulativen Denkstil der Scholastik zu diskreditieren – der unbestreitbare Vorteil derartiger Erörterungen ist doch: Wir können nicht gleich hinrennen, nachschauen oder es mit dem Zentimetermaß empirisch genau nachmessen, was bei Engeln ja naturgemäß auch etwas schwierig ist, nicht wahr. Nein, wir müssen, und zwar anhand unserer Prämissen, erst einmal gründlich darüber nach*denken*. – Denken Sie bitte bis zum nächsten Mal darüber nach. Danke.«

Leichtes Getrommel auf den Tischen, dann begann der allgemeine Aufbruch. Im Hinausgehen blieb Frau Professor Dörle kurz bei mir stehen: »Das war interessant, Herr Dr. Lichtenau.« Sie nickte mir ernst zu und ging.

Interessant ...

Im abendlichen Park huschte etwas Dunkles vor mir den körnigen Weg entlang – bei der Laterne sah ich, es war eine Ratte: wahrscheinlich eine entfernte Verwandte jener Riesenratte, der ich heute früh im Traum begegnet war und mit der dieser Montag begonnen hatte.

Geschäftig lief sie vor mir her, sie schien hier im Park für die Ordnung verantwortlich zu sein. Dann, auf einmal, bog sie scharf nach rechts ab und verschwand im undurchsichtigen Gestrüpp.

»ACH, ÜBRIGENS, DR. BEDONI IST TOT.«

Das teilte Isabell mir am Donnerstagmorgen beim Frühstück mit. Sie nahm einen bitteren Schluck Kaffee (kein Zucker) – dann war sie mit dem Messer Richtung Butterdose unterwegs; ich starrte auf die blitzende Spitze.

»Gott, wie ist das denn passiert?«

»Vorletzte Folge, in seinem Privatlabor.«

Isabell strich die Butter auf das halbe Brötchen, dann strich sie den Lokalteil glatt und begann schweigend mit ihrer morgendlichen Zeitungslektüre.

Eine von ihren Angewohnheiten, an die ich mich in all den Jahren, die wir nun schon zusammenwohnten, noch immer nicht hatte gewöhnen können: erst jemanden anzufüttern und dann – ihn einfach zappeln zu lassen. Wahrscheinlich war es eine berufsbedingte Marotte, Cliffhänger zu installieren, Spannungsmomente einzubauen, um das Interesse zu wecken.

Allerdings, das muss ich zugeben, im Laufe des Semesters hatte ich, was St. Sölden betrifft, ein klein wenig den Überblick verloren, und ich hatte es wohl auch an dem nötigen Interesse fehlen lassen.

Trotzdem, so schnell gab ich nicht auf. Um mich als langjährigen Kenner der hochdramatischen Bergklinik-Szene zu präsentieren, fragte ich nun besorgt nach:

»Aber das verstehe ich nicht: Wie kommt denn die arme Frau v. Elmstetten jetzt an ihr dringend benötigtes Morphium?«

Isabell hielt im Kauen inne, verblüfft sah sie mich an.

»Was? Habe ich dir das gar nicht gesagt? Die Elmstetten, die ist doch neulich auf ganz wundersame Weise genesen. Eines Morgens, nach dem Frühstück, ist sie einfach aus ihrem Rollstuhl aufgestanden ... ach, was sage ich: *auferstanden* und in den Salon gegangen, fertig! Dort hat sie erst mal nach all den Jahren ein paar Dutzend Kniebeugen gemacht. Und sie hat jetzt auch wieder ein Pferd und nimmt Reitunterricht. Ihr übrigens zwanzig Jahre jüngerer, aus dem schottischen Bergland stammender und extrem gutaussehender rotblonder Reitlehrer ...«

»Okay«, sagte ich, »okay, verstehe«, und rührte den Kaffee um, »ja, das Leben ist kein Ponyhof.«

»Nee, ist es nicht – und meines schon mal gar nicht.« Sie biss derart kräftig von ihrem Brötchen ab, dass die goldbraune Kruste nur so splitterte.

»Aber, wie genau ist das denn passiert, ich meine: mit Bedoni?«

»Ein Unfall, in seinem Labor. Das war so ein hirnrissiger Selbstversuch, Bedoni hat nachts heimlich mit Lachgas experimentiert und dabei irgendwie eine Überdosis abbekommen ... Ich hatte da noch eine endlose Diskussion mit Sommer. Weißt du, was Bedonis letzte Worte sein sollten? Auf die war Sommer ganz besonders stolz. – Da kommst du nie drauf.«

Ich zuckte die Schultern.

»... ›*Ich lach mich tot!*‹«

Entschieden setzte ich die Kaffeetasse ab, sodass etwas Kaffee überschwappte: »Wow, Isabell, ganz ehrlich, das find ich gut, richtig gut. Also überhaupt, der Sommer wird immer besser.«

»Stimmt, vielleicht hast du recht, ich hätte es einfach so stehen lassen sollen.«

Einen Moment lang trauerte sie dieser verpassten Gelegenheit hinterher, dann schüttelte sie leicht den Kopf.

»Als ich ihm gesagt habe, dass wir das unbedingt streichen sollten, hat er ins Telefon gestöhnt: ›Nur über meine Leiche.‹ Also, wenn du mich fragst: Das kommt der Aufforderung gleich, eine Straftat zu begehen, oder? Aber immerhin, da Frau v. Elmstetten nun geheilt ist, entfällt für sie die Notwendigkeit, sich über Dr. Bedoni Morphium zu besorgen. Somit entfällt auch Bedoni: weg mit ihm! Toller Showdown eigentlich.«

Versonnen sah sie mich an. »Kann übrigens sein, dass Sommer mit der drastischen Reduzierung des Personals ganz allmählich auch seinen eigenen Ausstieg aus der Serie vorbereitet. Neulich am Telefon, da machte er so eine Andeutung. Er hat wohl auch mit seinem alten Verlag wieder Kontakt aufgenommen. Ich glaube, er sitzt jetzt von früh bis spät an der Fortsetzung von *Und zum Frühstück Asbest*. Die Sache scheint inzwischen ein ganzes Stück weit gediehen zu sein. Er hat sogar schon einen Arbeitstitel.«

»Nämlich?«

»*Der letzte Schrei.*«

Betreten schwiegen wir einen Moment.

»Also, falls der Sommer wirklich aussteigt – ich wage es ja kaum zu hoffen! –, dann könnte auch ich mich, zumindest ein bisschen, aus dem *elfenbeinturm* zurückziehen. Bisher war ich ja so was wie Sommers Generalbevollmächtigte im Verlag.«

»Ach, aber wenn Sommer aufhört: Was wird denn dann aus der bildhübschen Cathleen?«

Isabell hob die Augenbrauen: »Willst du das wirklich wissen?«

Ich überlegte kurz: »Nein. – Aber trotzdem, sie wird mir fehlen: dieser kesse, blonde Wirbelwind, der alles durcheinanderbringt ...«

Pikiert verzog Isabell den Mund: »Anton, können wir jetzt vielleicht bitte mal das Thema wechseln? Meine sensationell bezahlte Arbeitszeit beginnt erst in einer halben Stunde, solange habe ich noch frei. Was machst du eigentlich heute?«

»Ich konzipiere meinen Vortrag. Du weißt ja: Frühjahrskonferenz.«

»Und, geht es voran?«

»Geht so.«

Längere Pause, Isabell nahm Brötchen Nr. 2 in Angriff, ich löffelte weiter stumm meinen Maracujajoghurt.

»Hast du inzwischen eigentlich mal gehört, was aus der Breitenbach-Stelle wird? Mensch, Anton, das wäre so toll, wenn du ...«

»Breitenbach – tja, du sagst es, ganz genau. Über den soll ich nämlich meinen Vortrag halten. Also, über seinen Beitrag in der Geschichte der Hochschule und so weiter, ich hab mir da schon ein paar Stichpunkte gemacht. So ein Rückblick über drei Jahrzehnte. Ist nicht lang, nur zwanzig Minuten.«

»Komisch, hast du nicht neulich gesagt, da soll es um die Zukunft der Hochschule gehen?«

»Schon, ja.«

Lange sah ich aus dem Fenster und beobachtete, wie die Tropfen an der Scheibe des Küchenfensters hinabliefen.

»Am Wochenende«, sagte ich, »soll schönes Wetter werden.«

»Echt jetzt? Du, das habe ich aber ganz anders gelesen.«

»Nein, nicht im Sinne einer Drei-Tage-Wettervorhersage ...«

»Sondern?«

»Im Sinne eines Imperativs.«

Am Sonnabend regnete es. Wir hatten lange geschlafen, bis nach zehn, spät und ausgiebig gefrühstückt und saßen noch in der Küche.

Missmutig blätterte Isabell sich durch *Und zum Frühstück Asbest*.

Bei ihrem letzten Telefonat hatte Sommer – wahrscheinlich, um sie zu prüfen – eine Anspielung auf eine Szene in seinem Buch gemacht, in der es um den Massenmörder Fritz Haarmann ging; sie erinnerte sich zwar noch dunkel, konnte aber lange die Stelle nicht finden.

Endlich war sie auf der richtigen Seite, las ein Stück, kopfschüttelnd legte sie das Buch wieder ab und schob es weit von sich. Dann lehnte sie sich zurück, verschränkte die Arme hinter dem Kopf und schloss die Augen.

Gerade sang im Radio die Callas, eine Arie von Bellini, es war eine historisch angekratzte Aufnahme. Nach den letzten Klängen setzte der Applaus ein, er hörte sich an wie der rauschende Regen draußen vor dem Fenster. Der Moderator verlas die Besetzungsliste dieser Aufführung in der Mailänder Scala.

Isabell öffnete die Augen: »Ist dir das auch schon mal aufgefallen? Er sagt: *die* Callas.«

»Ja, und?«

»Das heißt, man verwendet als ein Zeichen besonderen Respekts den bestimmten Artikel – also eben: *die* Callas.«

»Klar«, ich nickte.

»Aber in einem Polizeiprotokoll, wo es ja nicht ganz so respektvoll zugeht, wird genauso der bestimmte Artikel verwendet.«

»Zum Beispiel?«

»Na, zum Beispiel ... Augenblick, warte, das hatte ich doch gerade«, sie schlug noch einmal Sommers Buch auf. »Das ist übrigens eine der besten Stellen in diesem ganzen Wälzer. Richtig eine Oase für die Augen. Weil es ein Originalzitat ist, ist er hier nämlich gezwungen, die normale Rechtschreibung zu verwenden ... Ah, hier, da hab ich's wieder!«

Und nun las sie aus dem auf S. 214 zitierten Polizeibericht vor: *Der Haarmann, wohnhaft seit 9. Juni 1923 Rothe Reihe Nr. 4, bewahrte sein Tatwerkzeug, das Hackebeil, im Kleiderschrank seiner Bodenkammer auf.* – Hörst du: *der* Haarmann.«

»Ja, spannend. – Und was schließt du daraus?«

»Was weiß ich. Da muss es eine geheime Verbindung geben zwischen Kunst und Verbrechen: *die* Callas, *der* Haarmann – du siehst, ich bin hier einer ganz heißen

Sache auf der Spur.« Isabell verdrehte die Augen. »Also, allein wenn ich sehe und nachzähle, wie viele Leute Sommer in den letzten St.-Sölden-Heften heimtückisch dahingemeuchelt hat – tja, wahrscheinlich hat der sogar einen direkten Draht zu Haarmann. Erst dieser mysteriöse Kletterunfall! Alle hingen an einem Seil und wurden dann folgerichtig auch gemeinschaftlich in die Tiefe gerissen. Oder, vorletztes Heft: diese fiese Fischvergiftung in Haus 2, am Freitagabend – viele, viele Opfer. Auch Oberschwester Ingrid hat es erwischt, im letzten Heft. Genickbruch auf dem frischgebohnerten Sanatoriumsgang. Sie war dringend zu einem Notfall gerufen worden und ... Tja, der Notfall ist dann, als die Hilfe ausfiel, natürlich ebenfalls kurzerhand gestorben. – Bis auf Haarmanns legendäres Hackebeil hat Sommer, glaube ich, wirklich nichts ausgelassen.«

Sie nahm den letzten Schluck Kaffee, der inzwischen kalt geworden war. »Mal sehen, was mich heute erwartet.« Und damit begab sie sich nun auf ihren, wie sie ihn immer nannte, »Zauberberg St. Sölden«.

Bevor ich mich an meinen Vortrag setzte, schaute ich bei Wikipedia nach. Kurz darauf klopfte ich an Isabells Tür.

»Ach übrigens, was Haarmann betrifft, also – *den* Haarmann: Dem schmeckte am Tag der Hinrichtung seine Henkersmahlzeit so ausnehmend gut, dass er sich sogar Nachschlag geben ließ.«

»Nein.« Isabell verzog angewidert den Mund. Dann fragte sie leise: »Was gab es denn?«

»Das stand da nicht, leider.«

»Und was gibt's heute eigentlich bei uns?«

Ich zuckte die Schultern. Was ich ursprünglich fürs Mittagessen vorgesehen hatte – frische Blutwurst(!??) mit Sauerkraut und Pellkartoffeln –, das hatte ich inzwischen vom Speiseplan gestrichen und bis auf Weiteres ad acta gelegt.

Auf der Suche nach Anhaltspunkten für meinen Vortrag fiel mir an diesem Tag ein schon etwas vergilbtes Blatt in die Hände, das Breitenbach nach unserem ersten Treffen in Old-School-Manier extra für mich ausgedruckt hatte. Es war ein autobiografischer Text Vaihingers.

»Das Irrationale war mir von Anfang meines Lebens ebenso mannigfach als stark auch in meiner unmittelbaren Umgebung entgegengetreten. Es kann verwunderlich klingen, aber es ist eine Tatsache, dass dabei auch meine körperliche Veranlagung eine große Rolle spielte. Eine starke Kurzsichtigkeit behinderte mich von Anfang an in meiner ganzen Lebensbetätigung. Während meine Natur mich zur Tat, zu energischem Handeln, zur Aktivität in jeder Hinsicht und in jedem Sinne trieb, zwang mich jener körperliche Fehler zur Zurückhaltung, zur Passivität, zur Vereinsamung. Diesen schreienden Gegensatz zwischen körperlicher Konstitution und Temperament empfand ich dauernd als etwas absolut Irrationales. Dies schärfte meinen Blick für alle anderen Irrationalitäten des Daseins. So empfand ich es als einen Mangel an Aufrichtigkeit, dass die meisten Systeme der Philosophie das Irrationale mehr oder minder zu vertuschen suchten …«

Speziell das Paradoxon des durch extreme Kurzsichtigkeit verschärften Blickes fand ich hier äußerst aufschlussreich.

Während Karl Jaspers in einem seiner Werke die Psychologie der Weltanschauungen beleuchtet hatte, lief es also bei Hans Vaihinger mehr oder weniger auf eine *Physiologie* seiner Weltanschauung hinaus.

Und Breitenbach?

Ich fragte mich, ob es nicht auch bei ihm ein Handicap, eine besondere physiologische oder eben auch psychologische Verfasstheit gab, die ihn derart für das Irrationale empfänglich machte?

Bis auf seine lädierten Bandscheiben fiel mir aber nichts ein.

Rein äußerlich war sein Leben doch bisher problemlos verlaufen. Oder etwa nicht? Ich sah sein Häuschen, Ahornweg 17, vor mir, wo er demnächst mit gründlich repariertem Rücken seinen Ruhestand im Grünen verbringen würde.

Woher, fragte ich mich also, sein Faible für Vaihinger und für die »Irrationalitäten des Daseins«? Und überhaupt: Wieviel Irrationalität war eigentlich in solch einer ordentlich parzellierten Eigenheimsiedlung zu Hause? Ich fand keine schlüssige Antwort. Eigentlich, das musste ich mir eingestehen, wusste ich viel zu wenig über Breitenbach, um fundiert über ihn sprechen zu können.

So zog ich noch einmal das alte Exemplar von *Minervas Eule* aus dem Regal, in dem meine Rezension abgedruckt war, pustete den Staub ab und überflog meine Besprechung.

Ich erinnerte mich wieder daran, wie sehr ich mich damals darüber aufgeregt hatte, dass die Redaktion mir die »Polyandrie« gestrichen hatte, die *Vielmännerei*, und auf einmal hatte ich, ganz deutlich, ganz nah, Claudias Stimme im Ohr: »Interessant, womit du dich beruflich so beschäftigst.«

Ich schloss die Augen: Das, was fehlte, ob es die gestrichene Polyandrie war oder auch die spurlos verschwundene Claudia und alles, was es sonst noch *nicht* mehr gab in meinem Leben, es existierte ja trotzdem weiter, und zwar für immer und ewig – als Lücke, als Verlust.

Anderthalb Wochen vor der Frühjahrskonferenz hielt ich meinen Vortrag, gewissermaßen als Probevorlesung, bei uns in der Küche; das aufmerksame Publikum bestand aus Isabell. Neben das Weinglas hatte sie ihre Armbanduhr auf den Tisch gelegt, auf »Los!« ging es los.

Nach genau zwanzig Minuten war ich fertig.

Isabell bemängelte zunächst ein paar stilistische Kleinigkeiten.

Eine ihrer Erfahrungen als Lektorin war, dass man im Bestreben, etwas ganz besonders zu betonen, oft genau das Gegenteil bewirkte, also die Sache verdünnte, abschwächte. Sie hatte recht. Mit dem doppelt gemoppelten *radikalen, bis an die Wurzel unseres Philosophieverständnisses gehenden Denken Breitenbachs* hatte ich mir als sinnlosen Ballast die tote Leiche eines Pleonasmus an Bord geholt.

»Und sonst?«, fragte ich.

»Sonst ...« Isabell schaute auf ihrem Notizzettel nach.

»Ach ja, diese Sache mit der ›Ideenverschiebung‹, von der du neulich gesprochen hast, das war doch hochinteressant. Warum hast du nicht zum Beispiel auch darüber etwas gesagt? Das ist doch ein geradezu prophetischer Gedanke bei deinem Vaihinger. Ich meine, damit könnte man doch zeigen, wie aktuell das Ganze ist.«

»Findest du?«

Über das Modell der »Ideenverschiebung« hatte ich des Öfteren mit Breitenbach diskutiert; der hielt das ebenfalls für eine kühne Vision. Ich war mir da nicht ganz so sicher. In diesem Modell hatte Vaihinger die verschiedenen Lebensphasen einer Idee beschrieben. Anwenden ließ sich das auf alle möglichen Ideen. Breitenbach wählte in seinen Vorlesungen immer das Beispiel der kommunistischen Idee.

Am Anfang stand hier die *Fiktion* von der Befreiung der Menschheit, wie man sie bei den utopischen Sozialisten finden konnte – in Morus' *Utopia* oder auch in Campanellas *Sonnenstaat*. Aus dieser Fiktion wurde schließlich eine *Hypothese*, indem man sie wissenschaftlich zu begründen versuchte, so wie es Karl Marx in seinem dreibändigen *Kapital* getan hatte. Mit den Jahren aber wurde diese Hypothese zum nicht mehr hinterfragten *Dogma* – so geschehen im mehr oder weniger real existierenden Sozialismus. Derart versteinert und unbeweglich geworden, erkannte man allmählich wieder, dass das Ganze ursprünglich nichts als eine Fiktion gewesen war. Und damit hatte der Prozess der »Ideenverschiebung« dann sein natürliches Ende gefunden, man war wieder zum Ausgangspunkt zurückgekehrt.

Im Schnelldurchlauf also: Fiktion, Hypothese, Dogma, wieder Fiktion – Finito, das war's dann!

War es das? Wirklich? Dass da so einfach alle Gewissheiten auf dem Altar der Fiktionen geopfert wurden, kam mir immer zu simpel vor. Vielleicht hatte ich auch einfach nur genug von saloppen Welterklärungen, die mir alles erklärten, aber nichts richtig. Außerdem ...

»Isabell, es soll in diesem Vortrag ausschließlich um Breitenbach und seine Verdienste um die Hochschule gehen. Und in den zwanzig Minuten, die ich habe, kann ich unmöglich alles unterbringen.«

»Na gut, wenn du meinst ...«

»Ja, alles gut, kein Problem.«

Als ich abends neben ihr im Bett lag und vor dem Einschlafen kurz meinen Vortrag rekapitulierte, erinnerte ich mich daran, was sie neulich zu mir gesagt hatte: »Wie lautet die Übersetzung von ›alles gut, kein Problem‹?«

Nichts ist gut, du hast ein Problem.

DIE ALLTAGSKULTUR
STAND ETWAS ABSEITS,
sie unterhielt sich angelegentlich mit ihrem Mobiltelefon.

In Hufeisenform waren Tische im Foyer aufgebaut worden, dahinter: studentische Hilfskräfte; sie verteilten Flyer und Handouts, die von den Fachbereichen vorbereitet worden waren. Die beiden Flügeltüren zum großen Tagungssaal waren weit geöffnet. Um zehn sollte dort die Frühjahrskonferenz beginnen.

Noch war der Saal – bis auf einen Kollegen vom Eventmanagement – leer. Der hatte gerade den Beamer kontrolliert, und jetzt war die Mikrofonanlage dran: »Eins, zwei, dreiii ...« Ein hoher, schriller Pfeifton, dann war es still.

In einer Ecke des Foyers schenkte die abtrünnige Janine Kaffee aus. Sie machte das absolut professionell, kein Tröpfchen daneben, so als hätte sie in ihrem Leben nie etwas anderes gemacht.

»Milch? Zucker?«, fragte sie mich.

Ich nickte, zweimal.

Die Eröffnungsworte des Rektors drangen nur in Bruchstücken zu mir vor; ich war damit beschäftigt, noch einmal meinen eigenen Text zu überfliegen und ihn mit Anstreichungen (Betonung, Pausen und so weiter) zu versehen.

Sinngemäß war bei Möllendorf die Rede von »nachhaltiger Entwicklung«, von der »systematischen Erhöhung des Frauenanteils bei den Lehrenden« und, umgekehrt, »von der Erhöhung der Zahl männlicher Studierender« – ebenso natürlich auch von der »noch ausbaufähigen Bilanz der Drittmittel-Einwerbung«. Es gelte, so der Rektor abschließend, das Potenzial der Hochschule voll auszuschöpfen und durch gezielte Einsparungen zu einer Bündelung der Kräfte zu gelangen.

Auch dem ersten Vortrag konnte ich, obwohl mich das Thema interessierte (ich hatte absolut keine Ahnung, was man sich darunter vorzustellen hatte), noch nicht richtig folgen: *Die Quadratur des Kulturkreises*.

Dann aber war ich mit der Durchsicht meines Textes fertig und ganz Ohr.

Frau Dr. Schmidt-Hückstedt kündigte den Gastbeitrag der Mensa an. Der stand unter der Überschrift: *Ein kleiner Gruß aus der Küche*. (Falls es ein Tagungsprotokoll gab, wurde an dieser Stelle vermutlich vermerkt: *Heiterkeit im Saal).*

Die Küchenchefin las vom Blatt ab.

Anhand von Prozentzahlen legte sie dar, wie sich in den letzten Jahren der Anteil vegetarischer und veganer Gerichte erhöht habe. Als sie aber ankündigte, dass sich dieser Trend auch in Zukunft – und zwar kontinuierlich – fortsetzen werde, begann die allgemeine Heiterkeit sich zu verflüchtigen, die Gesichter wurden auf einmal sehr ernst, sehr nachdenklich.

Vegetarisches und erst recht Veganes, das war nicht hundertprozentig nach dem Geschmack der Küchenchefin, und das merkte man auch, beziehungsweise: Sie ließ es die Mensabesucher auch deutlich merken. Das war für sie lediglich Pflichtprogramm, »Dienst nach Vorschrift«, es gehörte – im Unterschied etwa zu den Wiener Schnitzeln – nicht zu ihren Spezialitäten.

Das sang- und klanglose Verschwinden der Schnitzel vom Speiseplan, so hatte es Maletzki mir gegenüber einmal bekümmert mit halbvollem Mund geäußert – vor ihm auf dem Tisch: eine anklagend aufgeklappte Stullenbüchse –, das sei der Anfang vom Ende der Mensakultur im klassischen Sinne gewesen.

Unter dem programmatischen Titel *Berlin ist ein Dorf* ging es beim Forschungsschwerpunkt Erinnerungskultur und Stadtgeschichte darum, wie sich die Stadt Berlin als ein Konglomerat aus verschiedenen Dörfern (Zehlendorf, Reinickendorf, Heinersdorf und so weiter) herausgebildet hatte. Es wurden Fotos von überbauten, in ihrer Struktur aber noch erkennbaren Dorfkernen, jeweils mit einer Kirche und dem Rondell des ehemaligen Dorfplatzes im Zentrum, an die Stirnwand projiziert; außerdem gab es Bilder von standhaften schwarz-rot-gold beflaggten Kleingartenanlagen, die sich tapfer im Schatten von S-Bahn-Trassen oder an der Stadtautobahn behaupteten.

Diesen Ausführungen war ich mit großem Interesse gefolgt, fast hätte ich darüber meinen Einsatz verpasst. Erst als Möllendorf, nachdem er ein Grußwort Breitenbachs verlesen hatte, zweimal laut und vernehmlich meinen Namen nannte, wurde mir klar, dass nun ich an der Reihe war.

Ich ging nach vorn.

Nach meinem Vortrag, der nicht zu schnell, nicht zu langsam gewesen war, also exakt die vorgegebenen zwanzig Minuten gedauert hatte, gab es langanhaltenden Applaus.

Caspary, in der ersten Reihe, war sogar aufgestanden. Er klatschte mit demonstrativ hocherhobenen Händen, und er schaute sich dabei immer wieder um, wahrscheinlich, um auch die anderen zu animieren, weiterzuklatschen. Allerdings war mir nicht ganz klar, wem dieser Beifall galt: Breitenbach – oder mir. Dann war es still. Offenbar verspürte niemand das dringende Bedürfnis, hier in eine weitergehende Diskussion einzusteigen.

Als Rektor Möllendorf sich schließlich in sein Tischmikrofon räusperte, blätterte Frau Professor Heucke, die Tagungsleiterin, in ihren Unterlagen und wollte schon den nächsten Beitrag aufrufen, da ging ziemlich weit hinten eine schmale Hand nach oben. Die gehörte zu Frau Dr. Leisegang, *Landschaftskultur.*

Ich kannte sie, wenn auch nur flüchtig, im Vorbeigehen; ihr Büro befand sich auf demselben Gang wie das Gästedozentenbüro.

An der Hochschule gab es kein festgeschriebenes Reglement, ob die Bürotüren offen oder geschlossen sein sollten – bei Frau Dr. Leisegang stand die Tür immer offen. Neben ihrem Schreibtisch: in Dauerbereitschaft ein Paar quietschgelber Gummistiefel. Die brauchte sie, wenn sie mit ihren Studierenden »ins Feld« ging.

»Ja bitte, Frau Dr. Leisegang«, sagte Frau Professor Heucke.

»Also, ich wollte an dieser Stelle nur mal sagen: Der Vortrag, der hat mir schon sehr viel gegeben. Und ich muss noch darüber nachdenken, natürlich. Aber ich finde eben auch, Orchideen, die gehören nun mal in unser Leben. Natürlich tun sie das. – Ich meine, wer findet sie denn nicht ausgesprochen schön, oder?«

Frau Professor Heucke schaute zu mir, ob ich dazu etwas zu sagen hätte.

Sicher, das war nett gemeint und wohl auch als Unterstützung gedacht gewesen. Allerdings, Frau Dr. Leisegang schien mir entweder gar nicht oder nur halb zugehört zu haben: Zentraler Ausgangspunkt meines Vortrages war es doch gerade gewesen, an Beispielen herauszuarbeiten, wie Breitenbach sich stets darum bemüht hatte, die Philosophie eben ganz ausdrücklich *nicht* als ein »Orchideenfach« anzusehen.

Ich schüttelte Richtung Konferenzleitung den Kopf, Frau Dr. Leisegang nickte ich freundlich zu. Dann ging ich zurück an meinen Platz.

Frau Professor Dörle von der Hochschulleitung sprach nun über die gezielte Förderung einzelner Fachbereiche und, im Zusammenhang damit, auch über notwendige, unvermeidliche Einsparungen an der Hochschule.

In Gedanken war ich wohl noch bei Frau Leisegang und, speziell, dem Themenkomplex »Gartenbau«, denn für die Diskussion nachher notierte ich mir, dass eine Verteilung der Mittel »nach dem Gießkannenprinzip«, die Frau Professor Dörle so kategorisch ablehnte, als Formulierung inzwischen etwas aus der Zeit gefallen war: Beim massenhaften Vorhandensein von Rasensprengern aller Art stand doch die klassische grüne Gießkanne, im Gegenteil, für ein äußerst differenziertes, gezieltes Bewässern im Handbetrieb. Ich fragte mich, ob sich in dieser sprachlichen Unschärfe nicht auch eine gedankliche Ungenauigkeit manifestierte.

Und wie sah es aus mit den Einsparungen?

»Wir werden hier nicht nach dem Rasenmäherprinzip vorgehen«, so hatte es Frau Dörle verkündet. Schon wieder eine Metapher aus dem Gartenbau! Mit anderen Worten: Es sollte also nicht pauschal und ohne Rücksicht auf Verluste alles Grün einfach weggesäbelt werden.

Ich war noch am Überlegen, in welchem Verhältnis das »Rasenmäherprinzip« zu den modernen, vollautomatischen Rasenmährobotern stand, die leise surrend durch die Gärten rollten und sensorisch genau jede noch so kleine Ecke erfassten, und ob diese nicht eine Perfektionierung oder sogar Pervertierung des Rasenmäherprinzips darstellten – da schreckte ich auf, das Mikrofon hatte scheppernd geklirrt.

Unbeirrt davon wiederholte Frau Professor Dörle, als es wieder still war, noch einmal ihren letzten Satz. »Wie heißt es doch so schön: *Grau, teurer Freund, ist alle Theorie.*« Vielleicht täuschte ich mich, aber mir schien, dass sie das genau in meine Richtung gesagt hatte.

Vehement plädierte sie nun dafür, den Praxisbezug des Studiums zu stärken. Den Blick in den Saal gerichtet, sprach sie schließlich, als sie ihre Papiere zusammengelegt hatte und zu ihrem Schlusswort ausholte, frei.

»Was wir jedenfalls am allerwenigsten an unserer Hochschule brauchen, ist ein scholastisches, am Gestern orientiertes, weltabgewandtes Denken. Es geht also nicht um müßige Erörterungen der spitzfindigen Frage: *Was wäre, wenn?*, sondern einzig und allein darum, was *ist*. In genau diesem Sinne müssen wir uns der Wirklichkeit stellen. Denn die ist allemal reicher und, ja, auch sehr viel bunter als jede graue Theorie.«

Kein Zweifel, daran, wie sie bei diesen Worten konsequent über mich hinweggesehen hatte – als einer der Referenten saß ich ganz vorn, in der zweiten Reihe, und war eigentlich nicht zu übersehen gewesen –, merkte ich: Das war direkt an meine Adresse gegangen.

Natürlich, du graue Döhrle-Dohle! *Es geht nicht um die müßige Erörterung der Frage: Was wäre, wenn? ...* Warum auch. Aus meinem Nicken wurde mehr und mehr ein ungläubiges Kopfschütteln. Jetzt, endlich, wurde mir auch klar, worum es hier eigentlich ging und was die Döhrle gemeint hatte, als sie nach der Hospitation zu mir gesagt hatte: *Interessant ...*

Interessant?

Vor ein paar Wochen, als Isabell den Hörer nach einem endlos langen Telefonat aufgelegt hatte, in dem ihr das Manuskript einer pensionierten Sozialkundelehrerin hatte untergejubelt werden sollen – und zwar mit dem ausdrücklichen Hinweis, es sei allein schon aufgrund der hochaktuellen Thematik »sehr interessant« –, hatte sie nur halblaut gestöhnt: »*Interessant*, ja, genau: Das ist die kleine Schwester von *scheiße*.«

Mit inzwischen deutlich gemischten Gefühlen, aber voller Spannung erwartete ich nun Casparys Rede. Immerhin, vorhin, bei mir, da hatte er ja laut und lang anhaltend geklatscht ... Doch ich musste mich noch etwas gedulden, für sich selbst hatte er den letzten Vortrag reserviert, das Schlusswort der Konferenz.

Caspary, nachdem er lässig das Mikrofon zurechtgebogen, mit einem Klopfer dessen Funktionstüchtigkeit kontrolliert und die Brille elegant in die Brusttasche seines Jacketts zum Verschwinden gebracht hatte, widmete sich den Herausforderungen, vor denen die *Hochschule für Kulturwissenschaften* in naher Zukunft stehe.

Insbesondere ging es ihm um den Widerspruch zwischen der Kultur, wie wir sie bisher kannten, als einem hochkomplexen System von tradierten Regeln, Ritualen et cetera auf der einen Seite und, andererseits, einer durch die modernen Medien entstandenen neuen, kruden Unmittelbarkeit. Das Internet zum Beispiel und, vor allem, die sogenannten sozialen Netzwerke seien doch im Grunde nichts anderes als Schwarze Bretter, wo unredigiert und unkontrolliert alles und jedes angepinnt werden könne.

Wenn die Hochschule, so sein Resümee, nicht auf ein Abstellgleis geraten wolle, sei hier unbedingt eine andere Weichenstellung als bisher nötig. Eine deutliche Fokussierung auf die Frage nach dem Wechselverhältnis zwischen unserer traditionellen Kultur und der modernen Medienwelt sei für die Zukunft der Hochschule unumgänglich, selbst wenn man dafür im Gegenzug auch auf manch anderes, »Liebgewordenes«, verzichten müsse; kurzum: Mit erheblich aufgestockten Mitteln müsse man sich fortan diesen neuen Medien widmen und sich kritisch immer wieder die Frage stellen: »Was machen wir damit? Und, vor allem: Was macht das mit uns? Mit unserer Kultur?«

Ich notierte mir *Kultur, Weichenstellung >< Abstellgleis* sowie *Liebgewordenes*, das ich mit drei schwungvollen Fragezeichen versah.

Zwar unterstrich zu Beginn der großen Abschlussdiskussion die Dörle noch einmal die grundlegende Bedeutung des von Caspary Gesagten, doch bis auf Frau Dr. Schmidt-Hückstedt, die anmerkte, dass man den von Professor Caspary skizzierten Kulturkampf zwischen Alt und Neu sehr gut auch im Spannungsfeld »Esskultur versus Fast Food« beobachten könne, ging es in den weiteren Diskussionsbeiträgen dann doch eher um Details und kleinere Nachfragen.

Lebhaft wurde es noch einmal bei einer ganz praktischen Frage: der nach einer möglichst objektiven Bewertung studentischer Leistungen. Insbesondere wurde hier über Pro und Kontra des Multiple Choice diskutiert. Die Mehrheit war dafür.

Ich meldete mich.

In die allgemeine Zustimmung streute ich meine Zweifel. »Wenn das mehr sein soll als nur ein Ratespiel«, sagte ich in meinem Kurzstatement, »muss man darauf achten, dass die Verteilung der richtigen Antwort auf A, B oder C streng nach dem Zufall erfolgt. Der Lehrende sollte nicht nach psychologischen oder sonst welchen Gesichtspunkten die Auswahl treffen.«

»Was meinen Sie damit genau?«, fragte Frau Professor Heucke aus dem Präsidium nach.

»Wenn, sagen wir, zweimal hintereinander B als Antwort richtig ist, dann würde der Prüfer beim dritten Mal doch bestimmt A oder C als richtige Antwort nehmen. Der Prüfende kann sich darauf einstellen, er kann also versuchen, das vom Prüfer gewählte System der Wahr-Falsch-Verteilung zu erkennen. Dazu braucht es aber überhaupt keine Sachkenntnisse, was den Stoff selbst betrifft. Was man damit lediglich stärkt, ist ...«

»Ja?«, fragte Frau Professor Heucke.

»Ach, egal.« ... *die Kernkompetenz der Idioten,* hatte ich hinzufügen wollen, *die Fähigkeit, sich mit wenig bis nichts überall durchzumogeln*; doch das verkniff ich mir. Ich setzte mich wieder.

Nun war Caspary an der Reihe: »Also was mich betrifft, Herr Kollege: Um das Multiple Choice hinlänglich zu professionalisieren, verwende ich gern Distraktoren.«

»Was ist *das* denn?«, fragte jemand verwundert aus dem hinteren Teil des Saals.

»Das sind sogenannte ›Ablenker‹, will sagen: Ich mische immer eine Antwort darunter, die falsch ist, aber durchaus den Anschein hat, richtig zu sein.«

»Wenn Sie das *immer* tun«, sagte ich von meinem Platz aus, »können die Prüflinge sich ja von vornherein darauf einstellen und zunächst gezielt nach solchen Distraktoren suchen, um sie auszuschließen. Das erleichtert ihnen dann die Auswahl unter den noch verbleibenden Antworten.«

Verwundert schaute Caspary mich an.

»Nein, nein«, sagte ich, »es kommt beim Multiple Choice schon darauf an, dass die Verteilung wirklich rein zufällig ist.«

»Okay.« Caspary nickte kurz, als hätte er nichts anderes erwartet. Auf einmal lächelte er maliziös und sagte, zunächst in Richtung Konferenzleitung und dann ans Auditorium gewandt: »Halten wir das doch bitte mal so fest im Protokoll! Der überaus praktische Ratschlag, der uns seitens der Philosophie hier erteilt wird, lautet: Wir sollen alles dem reinen Zufall überlassen.«

Nein! Heftig schüttelte ich den Kopf. Sofort wollte ich etwas darauf erwidern, doch Frau Heucke bremste mich mit einer Handbewegung. Da es inzwischen zu einem direkten Schlagabtausch zwischen Caspary und mir gekommen war, achtete sie jetzt streng darauf, dass die Wortmeldungen der Reihenfolge nach abgearbeitet wurden. Und ich war noch nicht wieder an der Reihe.

Als ich dann endlich aufgerufen wurde, hatte sich der Schwerpunkt der Diskussion bereits auf ein ganz anderes Feld verlagert, zu dem ich als Externer nichts beizusteuern hatte. Es ging um die Frage: zusätzliche Fahrradständer im Innenbereich der Hochschule – ja oder nein?

Ich konnte nur die Schultern zucken.

Im Foyer blieb Möllendorf, der auf dem Weg ins Rektorat war, kurz bei mir stehen.

»Danke für Ihren Beitrag, Herr Dr. Lichtenau. Und, wenn Sie mir diese kleine Randbemerkung gestatten: Ich glaube, Sie liegen da völlig richtig, was die Causa Multiple Choice betrifft, da sind wir manchmal wirklich zu leichtfertig. Schade, das Thema war dann viel zu schnell erledigt, aber das sollten wir unbedingt vertiefen. Ich setze das noch einmal auf die Tagesordnung. Tja, und Ihr

Vortrag ... Sie schicken den doch bitte Breitenbach, ja? Ich denke, da wird er sich sehr freuen: Das war wirklich eine großartige Würdigung seiner Verdienste. Danke.«

Er wollte schon weitergehen, da wandte er sich noch einmal zu mir um.

»Sagen Sie, habe ich da jetzt was falsch verstanden? Das war ja fast so etwas wie ein Nachruf auf die Philosophie an unserer Hochschule. Sicher, mit Breitenbach, da schließt sich ein bedeutendes Kapitel, aber ...« Bekümmert sah er mich an. »Eigentlich hatte ich gehofft, nein: erwartet, Sie würden uns auch etwas über die *Zukunft* des Fachbereichs Philosophie vortragen. Das hätte mich schon interessiert. Wenigstens ein paar neue Impulse, statt nur in der Vergangenheit zu ... Wissen Sie, Herr Lichtenau, jetzt fehlen mir so ein bisschen die Argumente, mich für den Fortbestand der Philosophie an der Hochschule einzusetzen. Und gerade das hatte ich Breitenbach versprochen, versprechen *müssen*, dass die Philosophie hier auch weiterhin ihren Platz ...« Er sah kurz auf die Uhr. »Oh, entschuldigen Sie mich bitte, jetzt muss ich aber wirklich. – Frau Weyer wird sich die nächsten Tage mit Ihnen in Verbindung setzen wegen eines Termins, damit wir, wenigstens am Ende des Semesters, mal in Ruhe miteinander sprechen können, ja?«

Ich nickte ihm zerstreut hinterher.

Da entdeckte ich Caspary.

Er stand am anderen Ende des Foyers und unterhielt sich mit der Dörle, beziehungsweise: Sie sprach pausenlos auf ihn ein, während seine Blicke prüfend durch den Raum schweiften.

Als er mich sah, schloss er die Augen, unauffällig winkelte er den Unterarm an, und seine rechte Faust mit dem hochgestreckten Daumen verwandelte sich in ein Emoji.

Das, sagte mir meine innere Stimme, ist die gerechte Strafe. Ich wusste bloß noch nicht, wofür.

DAS FRÜHJAHRSSEMESTER GING ALLMÄHLICH ZU ENDE, der Sommer kam; das offene Fenster zum Hof war zu einem Lautsprecher geworden, aus dem es nun pausenlos piepte und zwitscherte. Der andere Sommer jedoch (Ronny!) hatte schon seit Wochen nichts mehr von sich hören lassen. Der hüllte sich in ein tiefes Schweigen.

Diese unheimliche Stille, meinte Isabell, konnte eigentlich nur eines bedeuten ...

Und was?

Der letzte Schrei.

Zwar gab es noch ein paar Hefte im Vorlauf, dieser kleine Vorrat würde aber nur bis in die zweite Septemberhälfte reichen. Isabell telefonierte jetzt sehr häufig und jeweils sehr lange mit Frau de Bruyère. Es ging um die Zukunft der *Bergklinik St. Sölden.*

Was meine eigene Zukunft betraf, da hatte die Frühjahrskonferenz keine Klärung gebracht, ganz im Gegenteil: Immer wieder sah ich Caspary vor mir, wie der mit der Dörle im Foyer gestanden und triumphierend den Daumen hochgestreckt hatte.

Die gerechte Strafe? Inzwischen war mir klargeworden, wofür: dafür, dass ich alle deutlichen Signale sträflich missachtet hatte. Caspary hatte mir eine »goldene Brücke« gebaut, na sicher; doch ich, verdammt noch mal, hätte darauf achten müssen, wohin die eigentlich führte.

Falls es nicht doch noch zu einem Gespräch mit Möllendorf kam – bisher hatte Frau Weyer sich nicht gemeldet –, lag die goldene Zukunft, zumindest was die Hochschule betraf, wahrscheinlich schon längst hinter mir.

Allerdings hatte ich auch so genug zu tun, mit der Gegenwart zum Beispiel.

Gegenwärtig etwa, das war mir aufgefallen, zeigte meine Maus sich immer häufiger widerspenstig. Die schwarze Pfeilspitze huschte manchmal völlig unkontrolliert und eigensinnig über den blauen Bildschirm. Deshalb bestellte ich mir eines Morgens, bevor es richtig an die Arbeit ging, im Internet eine neue.

Um zu beweisen, dass ich ein Mensch war, musste ich im Kontrollfeld »Ich bin kein Roboter« aus sechs Fotos die drei auswählen, auf denen Boote abgebildet waren. Auf Anhieb schaffte ich es, was mit einem grünen Häkchen bestätigt und belohnt wurde.

Tja, aber was, wenn ich in Wirklichkeit ein ganz besonders gewiefter, auf die Erkennung von Booten spezialisierter Roboter wäre, der auf diese Weise das Sicherheitssystem ausgetrickst hätte und so bis in den innersten Intimbereich der Versandfirma vorgedrungen wäre?

»Ich bin kein Roboter.« Das sagte ich aus Gründen der Selbstvergewisserung nun immer wieder halblaut vor mich hin; auch, als ich in die Küche ging, um meine Karaffe mit Wasser aufzufüllen. Und da ich das ständig und automatisch wiederholte, klang es, im Gegenteil, wahrscheinlich genau wie die Stimme eines Roboters.

»Ich bin kein Roboter ...«

Mit dem Rücken zur Tür stehend und den Hahn an der Spüle voll aufgedreht, damit das Wasser richtig kalt wurde, hatte ich nicht bemerkt, dass Isabell ebenfalls in die Küche gekommen war. Sie grinste mich von der Seite an: »Wer weiß das schon so genau von sich?«

»Na ja, ist ja auch nur so eine vage Vermutung, eine Hoffnung.«

Und dann erzählte ich ihr von meiner Bestellung und welche idiotischen Klippschulhürden da zu überwinden gewesen waren.

»Anton, du kapierst aber auch gar nichts. Wenn du eine Maus im Internet bestellst, dann müssen die doch deine Identität überprüfen, zum Beispiel, um ganz sicher zu sein, dass du nicht zufällig vielleicht ... eine Katze bist. Klar?«

»Klar.«

Ich schaffte es einfach nicht, so selbstverständlich und unbefangen wie sie mit den modernen Kommunikationstechniken umzugehen; ich war befangen. Das begann sogar schon beim Telefonieren: Längere Gespräche mit Maschinen machten mich einfach nur sprachlos. Erlöst war ich immer erst dann, wenn ich entnervt den Hörer aufknallte und auf diese Weise endlich wieder ein Geräusch aus der diesseitigen Welt vernahm.

Ein paar Tage zuvor, ich hatte gerade damit begonnen, die Prüfungsblätter für die Abschlussklausur vorzubereiten, war ich bei der Arbeit aufgeschreckt: Was waren das denn für seltsame Geräusche nebenan?

In einem merkwürdigen Tonfall, einer Art Maschinenstimme, sprach Isabell hinter der Wand. Aber mit wem?

War etwa der verschwundene Sommer aus seiner Versenkung wiederaufgetaucht?

»Vier«, sagte Isabell, laut und deutlich.

Erteilte sie ihm hier womöglich, was seine letzten, schludrig abgelieferten St.-Sölden-Folgen betraf, eine Zensur?

»Ja!«, rief sie.

Vorsichtig öffnete ich die Tür zu ihrem Zimmer.

Isabell stand mit dem Rücken zum Fenster, sie hatte das Telefon inzwischen auf laut gestellt, Musik kam vom laufenden Band, immer wieder kurz von einer Ansage unterbrochen: *»Haben Sie bitte noch einen Moment Geduld. Unser nächster Mitarbeiter ist gleich für Sie da ...«*

Insofern war die Frage *Roboter – ja oder nein?* sicher nur konsequent gewesen: Wenn man gezwungen wurde, derart künstlich und in abgehackter Sprache – gewissermaßen auf Augenhöhe – mit Maschinen zu sprechen, dann musste irgendwann auch nachgeprüft werden, ob man sich nicht vielleicht schon selbst in eine sprechende Maschine verwandelt hatte.

Dann, endlich, erhielt ich von Frau Weyer aus dem Sekretariat des Rektors die erlösende Nachricht, Möllendorf wolle mich im Anschluss an meine letzte Vorlesung sprechen – und zwar in einer »unmittelbar anstehenden Personalangelegenheit«.

Ich nickte dem Posteingang zu, stand auf, ging zum Schrank im Schlafzimmer und nahm das dunkelblaue Jackett, zuständig für besondere Anlässe, heraus. Gründlich bürstete ich es auf dem Balkon ab, kleine Entschuppungskur, bevor ich es für den kommenden Montag im Flur an den Garderobenhaken hängte.

Und weil ich jetzt ohnehin schon im Flur war, klopfte ich an Isabells Zimmertür, um ihr mitzuteilen, dass es tatsächlich einen Termin beim Rektor geben würde.

Isabell hörte mich nicht. Leise öffnete ich die Tür.

Ein gespenstisches Bild!

Isabell lag im Bademantel auf dem Sofa, die Hände wie zum Gebet über der Brust gefaltet, ein breites weißes Elastikstirnband verbannte ihre dunklen gekringelten Haare aus dem Gesicht, das bleich und wächsern aussah, wie eine Maske. Und dort, wo normalerweise ihre Augen waren: zwei Gurkenscheiben.

Auf dem Tisch lag ein aufgeschlagener Band, Shakespeare, zweisprachig.

»Hallo«, sagte Isabells Mund. Und wenig später, als ich ihr von Frau Weyers Mail erzählt hatte, nickte sie – aber nur ganz leicht, damit die Gurkenscheiben nicht herunterrutschten.

Ich wollte schon wieder gehen, da sagte sie: »Warte noch. Kennst du eigentlich die zauberhafte Blume *Liebesschön*? Eine Rose, glaube ich. Deren Saft, so steht es bei Shakespeare, *... im Schlaf aufs Augenlid getropft,/ Zwingt Mann wie Frau zur Liebesraserei/Beim ersten Blick aufs nächste, beste Wesen.*«

»Na ja«, sagte ich.

»Na nein!«, rief Isabell. »Bloß nicht! Stell dir mal vor, was da alles passieren kann. Plötzlich, wider Erwarten, taucht der Sommer wieder aus der Versenkung auf und steht als das *nächste, beste Wesen* vor mir, und schon ist es um mich geschehen.« Sie kräuselte angeekelt die Lippen. »Da bleibe ich lieber bei den klassischen Hausmitteln. Ist auch besser für die Haut. – Andererseits …« Sie ließ eine Pause. »Kannst du dich noch erinnern an das …«, und das sprach sie jetzt tatsächlich so aus wie damals Tamara, »*… komfortable Drei-Sterne-Touristenhotel Dekabrist?*«

»Und ob, klar.«

»Die Seife dort, mein Gott, die roch ja so intensiv nach Rosen, unglaublich.«

»Stimmt.«

»Wahrscheinlich habe ich mir, als ich mich für unseren großen Abschiedsabend aufgebrezelt habe, ein bisschen zu lange, ein bisschen *zu* intensiv damit das Gesicht gewaschen … Tja, und nun, du siehst ja selbst.«

Aus runden grünen Gurkenscheibenaugen blickte sie weiter unverwandt blind nach oben zur stuckverzierten Decke. Und dann, mit einer flatternden Handbewegung, komplimentierte sie mich wieder nach draußen.

DRAUSSEN VOR DEM FENSTER

war es inzwischen völlig dunkel geworden. Ich nahm die Brille ab, mit dem Handrücken strich ich mir über die Augenlider. Ich hörte Stimmen.

Blick auf die Uhr: Nein, das durfte doch nicht wahr sein! Ich hatte völlig die Zeit überzogen. Eilig lief ich über den Gang, vor der Tür des Hörsaals hielt ich kurz inne, tief atmete ich durch, sammelte mich, dann drückte ich entschlossen die Klinke herunter: *Jetzt bloß nichts anmerken lassen.*

Von einem Moment zum anderen wurde es still im Saal.

Längst waren alle mit den Klausuren fertig.

Die einen hatten sich miteinander unterhalten, die anderen sich stumm mit ihren Mobiltelefonen beschäftigt, die jetzt diskret weggesteckt wurden.

»Auch Sie sollten nun langsam fertig werden«, sagte ich im Vorbeigehen zu Julian, der als Einziger immer noch schrieb.

»Fertig«, sagte er und blickte ernst zu mir auf, »ist man nie.«

Ich quittierte das mit einem Nicken und trat ein letztes Mal ans Pult.

»Meine Damen und Herren! – In Frage 1 der heutigen Klausur ging es um den Unterschied zwischen Hypothese und Fiktion. Wenn man, wie Sie das sicherlich getan haben, die Hypothese dem Bereich des Möglichen zuschlägt, die Fiktion jedoch dem Unmöglichen, dann möchte ich Ihnen zum Schluss noch ein Zitat von Hermann Hesse mit auf den Weg – ja, fast hätte ich jetzt gesagt: ›mit auf den Lebensweg‹ – geben, das sehr schön beides verbindet und zum Ausdruck bringt, wieso Fiktionen, also unmögliche Annahmen, so unverzichtbar für uns sind.«

Ich rückte mir die Brille zurecht: »Zitat: *Damit das Mögliche entsteht, muss immer wieder das Unmögliche versucht werden.*«

In das anschwellende Kugelschreibergetrommel hinein sagte ich: »Gut, um das Mögliche zu erreichen, sprich: einen ordentlichen Abschluss in der Philosophie zu bekommen, haben Sie sich heute also an dem Unmöglichen versucht. Dafür schon mal meine Anerkennung. Sie erinnern sich vielleicht noch daran, was ich Ihnen vor Beginn der Klausur gesagt habe – Stichwort Wittgenstein, Stichwort Wahrscheinlichkeit ... Ich hoffe sehr, dass es bei Ihnen also nicht nur die Fifty-fifty-Wahrscheinlichkeit eines Münzwurfes war, ob Sie heute zu brauchbaren Ergebnissen gekommen sind. Ich jedenfalls bin schon sehr gespannt darauf, Ihre Klausuren zu lesen. – Danke!«

Dann nahm ich das Defilee ab – ich stand vorn, und mir wurden die Klausuren ausgehändigt.

Zu meinem Erstaunen hatte Frau Weber ganze drei Blätter vollgeschrieben, und zwar in gestochen klarer Schrift; sie reichte sie mir, ohne mich anzusehen. Miranda gab schüchtern lächelnd ein einzelnes Blatt ab, die Wörter darauf sahen so aus, als hätte sie jemand engmaschig mit blauer Wolle aufs Papier gestrickt.

»Sehr schön«, sagte ich.

Zuletzt kam Julian. Zögernd, mit einem wehmütigen Abschiedsblick, überreichte er mir seine Papiere. Dann verließ er schnell den Saal.

Ich schaute mir seine Blätter an. Er hatte sogar eine Skizze angefertigt. Unter der Überschrift *Der Kreis, betrachtet,* als ob *er ein Polygon aus unendlich vielen, unendlich kleinen Seiten wäre* hatte er einem Kreis eine Vielzahl von Quadraten eingezeichnet.

Ich legte die Klausuren auf einen Stapel und ging noch einmal durch die Reihen.

An Julians Platz stand eine leere Evian-Flasche. Die hatte ihm, das sah ich, als ich ihren Grundriss mit der Skizze in seiner Klausur abglich, offensichtlich gute Dienste geleistet und den fehlenden Zirkel ersetzt. Ich stellte sie diskret neben den Abfallkorb, damit die Reinigungskräfte sie morgen früh gleich mitnehmen konnten.

Dann löschte ich das Licht und schloss ab.

Vom Gang aus blickte ich über den Innenhof hinüber zu den Fenstern des Rektorats.

Dort war alles dunkel.

ISABELL SASS IN DER KÜCHE,

sie hatte auf mich gewartet. Das fand ich ausgesprochen nett von ihr, ach, was: Ihre Anteilnahme rührte mich ungemein – und machte mich sprachlos. Stumm nickte ich ihr zu. Hoffentlich erwartete sie jetzt nicht allzu viel von mir.

»Und«, fragte sie mich, als ich an der Spüle Wasser in ein Glas laufen ließ, »wie ist es gelaufen?«

Ich musste schlucken, dann nahm ich einen tiefen Schluck: »Kurze Antwort oder lange?«

»Ruhig eine lange.«

»Gut. – Beziehungsweise: schlecht.«

»Oh«, verwundert sah sie mich an. »Das ist jetzt aber eine *sehr* lange Antwort.«

»Ich weiß auch nicht, keine Ahnung. – Nee, du, das war nicht mein Tag heute, wirklich nicht.«

Ich setzte mich zu ihr an den Tisch, und dann erzählte ich ihr, wie blöd schon alles angefangen hatte – wie mich auf dem Weg zur Vorlesung so ein dämlicher Radfahrer im Park fast umgefahren hätte. »Na, der hat aber was von mir zu hören bekommen.«

Zufrieden lehnte ich mich im Stuhl zurück – da durchzuckte mich ein stechender Schmerz in meiner linken Seite, ich stöhnte auf, streifte das Jackett ab, es glitt zu Boden, vorsichtig zog ich das Hemd hoch.

Isabell starrte entgeistert auf meine Hüfte. Ich verdrehte den Kopf, jetzt sah ich ihn auch, den großen lilablauen Fleck.

»Mensch, da hast du aber ganz schön was abgekriegt.«

»Ach was.«

Doch wenig später stöhnte ich »Jaaa«, als Isabell vorsichtshalber Desinfektionsmittel auf meine Hüfte sprühte.

»Egal, diesen Radfahrer, den kann man vergessen. Was aber viel schlimmer war: Meine Vorlesungspapiere, die waren nach dieser Kollision völlig durcheinander, die lagen überall verstreut herum. Als ich die dann endlich wieder vollzählig beisammen hatte, fehlte jede Ordnung. Während der Vorlesung stand ich die ganze Zeit neben mir. Und als die dann ihre Klausur geschrieben haben, bin ich nach draußen, auf den Gang, und hab erst mal versucht, meine Gedanken halbwegs wieder in eine Ordnung zu bringen. Das hat nicht geklappt. Da hab ich dann einfach nur so am Fenster gestanden und ewig hinausgeschaut in die Nacht und mich weggeträumt, weit weg.«

»Also eine Art Sommernachtstraum?«

»Ja, kann man so sagen. – Jedenfalls, darüber hab ich völlig die Zeit vergessen. Wir haben wahnsinnig überzogen diesmal. – Da war dann schon alles dunkel im Rektorat, stockfinster. Trotzdem bin ich noch mal hoch. An Möllendorfs Tür klebte nur so ein Post-it-Zettel: *Konnte leider nicht länger auf Sie warten – M.*«

Ich zuckte die Schultern und trank das Glas ganz aus. »Egal, die Schlüssel kann ich auch im Sekretariat abgeben oder beim Hausmeister, kein Problem. Ich muss ja sowieso noch mal hin, wegen der Klausuren.«

»Du hast also keine Ahnung, was der von dir wollte?«

»Nee. Das ... das steht völlig in den Sternen.«

Als ich am frühen Abend hier losgegangen war – das fiel mir jetzt auf –, war der Himmel noch ganz klar gewesen. Auf dem Rückweg jedoch hatte er sich symbolträchtig zugezogen, mit anderen Worten: schwer zu sagen, was da *in den Sternen stand*.

»Und – was ist daran so lustig?«, fragte Isabell mich.

»Nichts. Nur so.«

Meine kleine Himmelsbeobachtung behielt ich lieber für mich: Ich wusste, wie sehr Isabell es verabscheute, wenn die Stimmungslage des Helden im Stil eines Trivialromans mit der allgemeinen Wetterlage abgestimmt wurde. Nicht von ungefähr war Sommers Standardanfang *Dunkle Wolken zogen sich über St. Sölden zusammen* bei uns zu einer Redewendung geworden, egal ob jemand von uns vergessen hatte, Kaffee zu kaufen, oder ob Isabell ihr Auto wieder mal im Halteverbot geparkt hatte.

Auf dem Beistelltisch, das fiel mir jetzt auf, stand eine Weißweinflasche. Sie war beschlagen, offenbar stand sie vor Kurzem noch im Kühlschrank.

»Oh, hab ich da was verpasst? Gibt es etwa was zu feiern?«, fragte ich. »Vielleicht, dass wir jetzt, zumindest von meiner Seite aus, auf absehbare Zeit kein Geld, keinerlei Einkünfte mehr haben?«

»Ja, das auch. Aber darum geht es nicht. Weißt du, letzten Monat hätte ich fast gekündigt beim *elfenbeinturm*, ich habe es dann doch nicht gemacht, ich hatte da so ein komisches Bauchgefühl. Aber jetzt, wo der Sommer weg ist, da ist es ja dort fast ein Spaziergang für mich.«

Isabell schenkte uns Wein ein, der rein, fast durchsichtig war. Wir tranken. Lange schwiegen wir.

»Nur mal angenommen, Anton, das Ganze wäre ein Roman: Was, meinst du, was würde die Leser am Ende vor allem interessieren?«

»Weiß ich nicht, wirklich.«

»Na, ich könnte mir, zum Beispiel, vorstellen: ob es diesem intriganten Kollegen von ihm – wie heißt der noch mal? Klingt fast so wie Bedoni ...«

»Meinst du Caspary?«

»Ja, genau der! Also ob es dem tatsächlich gelungen ist, unseren Helden derart aufs falsche Gleis zu setzen, dass der auf dieser Frühjahrskonferenz alles vergeigt.«

Isabell ließ eine Pause.

»Du, der hat doch neulich auf dem Gang was zu dir gesagt.«

»Ja, die Sache sei so gut wie entschieden.«

»Und, was meinst du: Was heißt das?«

»Gar nichts. Das kann *alles* heißen. Entweder, dass die Entscheidung gefallen ist, die Philosophie ganz abzuschaffen, oder ...«

Isabell nickte: »Stimmt. Da wäre es jetzt also nur noch die Frage, was der Rektor eigentlich von ihm wollte. Entweder ihm Breitenbachs Stelle anbieten – oder ihm sagen: *Tja, das war's dann.*«

»Ja«, sagte ich, »sehe ich auch so. Und die Chancen, die stehen ... fifty-fifty, bestenfalls.«

»Und – wenn du es dir aussuchen könntest: Welche Variante wäre dir lieber?«

Ich überlegte, dann zuckte ich die Schultern.

»Also ein offenes Ende ...« Isabell, jetzt ganz Lektorin, schaute mich nachdenklich an. Sie nickte. »Ja, das fände ich auch spannend, zumindest in diesem Fall. So gerne wir es auch tun würden: Wir können ja nicht einfach ein paar Seiten vorblättern oder ein paar Tage überspringen, um zu sehen, wie dieses Gespräch ausgegangen wäre. Oder wer weiß, wie es vielleicht noch ausgehen wird. Nein, nein, ein offenes Ende ist gut, wirklich.«

Sie blickte zur Küchenuhr, dann stand sie auf und, schon im Gehen, schnappte sie sich mein Jackett vom Boden und schüttelte es kurz aus. »So, jetzt muss ich aber ab ins Bett. Ciao, gute Nacht!«

Fragend schaute ich ihr hinterher: »Und warum?«

»Weil ich müde bin.«

»Nein, warum ein offenes Ende gut ist?«

»Ganz einfach, Anton: Weil es dann ... offen bleibt.«

Leise schloss sie die Tür.

Ich blieb noch am Tisch sitzen.

Wenig später hörte ich aus dem Bad das beruhigende Surren ihrer elektrischen Zahnbürste, dann rauschte final die Klospülung, dann war es ruhig.

Unten auf dem Linoleum sah ich etwas blinken, kupferfarben. Es war eine Cent-Münze, vorhin musste sie aus meinem Jackett gefallen sein.

Ich hob sie auf und betrachtete sie von allen Seiten. Hochwerfen? Ach was, viel zu klein. Für einen Moment umklammerte ich sie in meiner Faust, und dann – steckte ich sie einfach ein.

Der Verlag Kiepenheuer & Witsch hat sich zu einer nachhaltigen Buchproduktion verpflichtet. Gemeinsam mit unseren Partnern und Lieferanten setzen wir uns für eine klimaneutrale Buchproduktion ein, die den Erwerb von Klimazertifikaten zur Kompensation des CO_2-Ausstoßes einschließt.
Weitere Informationen finden Sie unter www.klimaneutralerverlag.de

FSC www.fsc.org MIX Papier | Fördert gute Waldnutzung FSC® C083411

1. Auflage 2023

Covergestaltung: Miriam Bloching
Covermotiv: © Holger Leue/Getty Images
Gesetzt aus der Abril
Satz: Buch-Werkstatt GmbH, Bad Aibling
Druck und Bindung: CPI books GmbH, Leck

ISBN 978-3-462-00140-2

Weitere Titel von Jens Sparschuh bei Kiepenheuer & Witsch

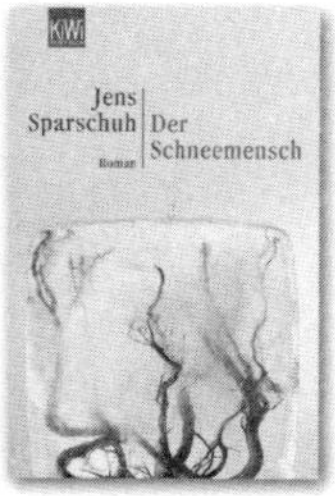